Travessias

José de Alencar

A viuvinha

16ª impressão

Orientação pedagógica: Douglas Tufano

Notas de leitura: Marcia Kupstas

Capa: aquarela de Rogério Borges

De acordo com as novas normas ortográficas

MODERNA

COORDENAÇÃO EDITORIAL Maristela Petrili de Almeida Leite
ASSISTÊNCIA EDITORIAL Lucila Barreiros Facchini
PREPARAÇÃO DO TEXTO Luiz Vicente Vieira Filho
PRODUÇÃO GRÁFICA Renato Alberto Colombo Júnior
COORDENAÇÃO DE REVISÃO Fernando Dalto Degan
EDIÇÃO DE ARTE Valdir Oliveira
PESQUISA ICONOGRÁFICA Vera Lúcia da Silva Barrionuevo
CARTOGRAFIA Maurício Barreto da Silva
CAPA Ricardo Postacchini
EDITORAÇÃO ELETRÔNICA Eduardo Camargo do Amaral
DIAGRAMAÇÃO Isabel Molnar da Silva
COORDENAÇÃO DE REVISÃO Lisabeth Bansi Giatti
COORDENAÇÃO E TRATAMENTO DE IMAGENS Américo Jesus
COORDENAÇÃO DE PRODUÇÃO INDUSTRIAL Wilson Aparecido Troque

IMPRESSÃO E ACABAMENTO Corprint Gráfica e Editora Ltda.

Dados Internacionais de Catalogação na Publicação (CIP)
(Câmara Brasileira do Livro, SP, Brasil)

Alencar, José de, 1829-1877.
A viuvinha / José de Alencar ; orientação pedagógica Douglas Tufano ; notas de leitura Marcia Kupstas. — 2. ed. — São Paulo : Moderna, 2004. — (Coleção travessias)

1. Romance brasileiro I. Tufano, Douglas, 1948-. II. Kupstas, Marcia. III. Título. IV. Série.

03-6288 CDD-869.93

Índices para catálogo sistemático:
1. Romances : Literatura brasileira 869.93

ISBN 85-16-03962-5

EDITORA MODERNA LTDA.
Rua Padre Adelino, 758 - Belenzinho
São Paulo - SP - Brasil - CEP 03303-904
Vendas e Atendimento: Tel. (0_ _11) 2790-1300
Fax (0_ _11) 2790-1501
www.modernaliteratura.com.br
2015

Impresso no Brasil

1 3 5 7 9 10 8 6 4 2

Livros antigos para um público jovem

Para o público de hoje, a leitura de um romance do século XIX pode parecer uma tarefa pouco prazerosa. Além da dificuldade de se compreender bem o sentido de muitas palavras e expressões de épocas passadas, da estranheza de certas construções sintáticas pouco usuais hoje em dia, há nessas obras uma sensibilidade artística bem diferente da nossa, valores morais que privilegiam outros comportamentos. Mas não será possível ao leitor contemporâneo compreender essas obras e até mesmo extrair delas o prazer da leitura?

A Editora Moderna apostou no "sim" e investiu numa edição diferenciada dos clássicos. A exemplo do que já é feito em outros países, em que uma mesma obra é editada com diferentes níveis de informação, os clássicos da coleção Travessias apresentam um minucioso trabalho de comentários à margem do texto integral.

O leitor iniciante tem muito a ganhar com essa leitura sinalizada, em que informações históricas e esclarecimentos sobre a linguagem da época e as características literárias da obra em questão são apresentados por uma competente equipe de professores, sob a coordenação de Douglas Tufano, reconhecido autor de livros didáticos.

Nossa intenção principal é aproximar passado e presente, levando o leitor a descobrir nos enredos dos livros antigos as mesmas emoções humanas que nos empolgam hoje.

O Romantismo

A viuvinha é um romance romântico. E o que é um romance romântico?

Por romance entende-se uma narrativa longa, com personagens fictícios, numa transposição da vida para o plano artístico. O romance popularizou-se durante o século XIX e foi o modo de expressão corrente de muitos escritores românticos, isto é, escritores do Romantismo.

Romantismo foi o nome que se deu ao movimento artístico profundamente subjetivo e individualista surgido no fim do século XVIII na Europa e que teve seu apogeu durante o século XIX.

Situação histórica

Na Europa, dois fatos importantes marcaram o período em que se desenvolveu o Romantismo, influenciando-o profundamente: a Revolução Industrial e a Revolução Francesa.

Na segunda metade do século XVIII, teve início na Inglaterra a sociedade industrial. Passou-se, em ritmo acelerado, do sistema doméstico de produção para o fabril, o que provocou o aparecimento de grandes cidades industriais. Duas novas classes começaram, então, a se destacar na nova estrutura social: a burguesia industrial, que crescia em força, e o proletariado, que crescia em número. Da antiga sociedade de senhores e servos passava-se à sociedade de empresários e operários; nascia, então, a sociedade de classes.

Por sua vez, a Revolução Francesa, desencadeada em 1789, destruiu o absolutismo, levou a burguesia ao poder e criou condições para o desenvolvimento do capitalismo na França, derrubando a aristocracia que vivia dos privilégios feudais. Além disso, provocou inquietações sociais nos países onde essas ideias revolucionárias repercutiram.

Enfim, juntas, a Revolução Industrial e a Revolução Francesa provocaram o fim do absolutismo na Europa e incentivaram a livre iniciativa, forjando o individualismo econômico e o liberalismo político e estimulando o nacionalismo.

Características do Romantismo

O Romantismo foi um movimento artístico que se desenvolveu nos mais diversos campos, como na literatura, na música, no teatro, na pintura etc.

Enriquecendo-se à medida que se expandia, o Romantismo acabou adquirindo características muito variadas, mas seu ponto básico era a abolição de regras e modelos. Sustentando que a criação artística deveria nascer da parte mais sensível e pura do ser humano, do mundo dos sentimentos, o artista romântico passou a considerar o "eu" como o centro do universo, gerando, assim, uma das características básicas desse estilo de época — o individualismo.

Por serem individualistas, os artistas românticos propunham a supremacia dos sentimentos e das emoções sobre a razão. Por isso as obras típicas desse movimento são tão exaltadas, tão cheias de paixões.

Quando seus dramas e conflitos adquirem grande intensidade, o romântico costuma fugir para o seio da natureza, vista por ele como refúgio acolhedor para o ser humano atormentado. Daí sua preferência pelos ambientes solitários e noturnos, considerados mais propícios aos desabafos sentimentais.

O nacionalismo é outra característica marcante do movimento romântico. Nos escritores europeus, ele manifestou-se muitas vezes na abordagem de temas históricos que privilegiavam a Idade Média, tida como fonte das tradições populares e época de formação do caráter nacional.

A ânsia de liberdade absoluta, o profundo individualismo, a expressão plena dos sentimentos e emoções, o culto da natureza, o nacionalismo apaixonado são as características básicas do Romantismo.

Jornalismo e Romantismo

A difusão cada vez maior do jornalismo e a ascensão da classe burguesa na maioria dos países europeus propiciaram a formação de um grande e novo público, que passou a buscar na literatura a representação de situações que lhe fossem familiares.

Os jornais acostumaram os leitores às histórias sentimentais e de suspense (os folhetins), que geralmente eram publicadas em capítulos; muitos escritores passaram a colaborar em revistas e periódicos, profissionalizando-se. A literatura começava, enfim, a se popularizar.

O Romantismo no Brasil: 1836-1881

O movimento romântico desenvolveu-se no Brasil durante o século XIX, constituindo o período do verdadeiro nascimento da nossa literatura, pois nele a poesia enriqueceu-se admiravelmente, criaram-se o romance e o teatro nacionais e formou-se um razoável público leitor.

A transferência de D. João VI, com toda a família real portuguesa, para o Rio de Janeiro foi essencial para o desenvolvimento cultural brasileiro. Nos anos em que aqui esteve (1808-1821), D. João VI tomou algumas iniciativas importantes, como as reformas do ensino, a criação de escolas superiores, a permissão para o funcionamento de tipografias (que deram origem à imprensa periódica e à atividade editorial), a instalação de bibliotecas públicas etc.

Envolvida pelo clima de independência, de 1822, a literatura romântica sempre expressou sua ligação com a política e, ao lado da euforia da liberdade e do desejo de construção de uma pátria brasileira, surgiu também a vontade de criar uma literatura autenticamente nacional, uma busca da "brasilidade", fosse na temática, fosse na linguagem usada pelos românticos, que abandonaram aos poucos o tom lusitano em favor de um estilo mais próximo da fala brasileira.

Didaticamente falando, o Romantismo brasileiro teve início em 1836, quando foi publicado o livro *Suspiros poéticos e saudades*, de Gonçalves de Magalhães, encerrando-se em 1881, quando foram lançados os primeiros livros realistas.

Tendência do romance romântico

O nosso romance romântico, de acordo com o tema fundamental que aborda, pode ser classificado em urbano, sertanejo ou regionalista, histórico e indianista.

O **romance urbano** desenvolve temas ligados à vida social, principalmente a do Rio de Janeiro. A variedade de tipos humanos, os problemas sociais e morais decorrentes do desenvolvimento da cidade, tudo serviu de fonte para os nossos escritores. Destacam-se os romances: *Senhora* e *Lucíola*, de José de Alencar; *A moreninha* e *O moço loiro*, de Joaquim Manuel de Macedo; *Memórias de um sargento de milícias*, de Manuel Antônio de Almeida.

A atração pelo pitoresco e o desejo de explorar e investigar o Brasil do interior fizeram o autor romântico se interessar pela vida e hábitos das populações que viviam distante das cidades. Abria-se, assim, o campo fecundo do **romance sertanejo** ou **regionalista**, que até hoje continua a fornecer matéria à nossa literatura. Destacam-se *O sertanejo*, *O gaúcho* e *O tronco do ipê*, de José de Alencar; *Inocência*, de Taunay; *A escrava Isaura* e *O seminarista*, de Bernardo Guimarães.

O **romance histórico** foi um dos principais meios encontrados pelos românticos para a reinterpretação nacionalista de fatos e personagens de nossa história numa valorização (e idealização) de nosso passado. Destacam-se *O guarani*, *As minas de prata* e *A Guerra dos Mascates*, de José de Alencar; *Lendas e* *romances* e *Histórias e tradições da província de Minas Gerais*, de Bernardo Guimarães; e *O matuto* e *Lourenço*, de Franklin Távora.

Ainda na perspectiva de valorização de nossas origens, surge o **romance indianista**, tendo encontrado sua melhor realização nas obras de José de Alencar, que idealizou a figura do índio, exaltando-lhe a nobreza e a valentia em *Ubirajara*, *Iracema* e *O guarani*.

Cronologia dos principais romances românticos

1844 *A moreninha* (Joaquim Manuel de Macedo)
1845 *O moço loiro* (Joaquim Manuel de Macedo)
1852 *Memórias de um sargento de milícias* (Manuel A. de Almeida)
1856 *Cinco minutos* (José de Alencar)
1857 *O guarani* (José de Alencar)
1862 *Lucíola* (José de Alencar)
1865 *Iracema* (José de Alencar)
1872 *Inocência* (Taunay)
O seminarista (Bernardo Guimarães)
1874 *Ubirajara* (José de Alencar)
1875 *Senhora* (José de Alencar)
O sertanejo (José de Alencar)
A escrava Isaura (Bernardo Guimarães)
1876 *O cabeleira* (Franklin Távora)
1878 *O matuto* (Franklin Távora)

Quem lia os romances românticos?

A prosa literária brasileira começa no Romantismo. Com o gradual desenvolvimento de algumas cidades, sobretudo a do Rio de Janeiro, a cidade da corte, formou-se um público leitor composto basicamente de jovens da classe rica, cujo ócio permitia a leitura de romances e folhetins. Esse público buscava na literatura apenas distração. Torcia por seus heróis, sofria com as heroínas e, tão logo chegava ao final, fechava o livro e o esquecia, esperando o próximo, que lhe ofereceria praticamente as mesmas emoções. O público de hoje substituiu os romances e folhetins pelas telenovelas, mas ainda continua em busca de distração, passando o tempo a torcer e a chorar por seus heróis...

Quadro cronológico dos movimentos literários no Brasil

1500 Descoberta do Brasil.

LITERATURA INFORMATIVA

1601 Publicação do poema *Prosopopeia*, escrito por Bento Teixeira.

BARROCO

1768 Publicação do livro *Obras*, que reúne poesias de Cláudio Manuel da Costa.

ARCADISMO

1836 Publicação do livro *Suspiros poéticos e saudades*, escrito por Gonçalves de Magalhães.

ROMANTISMO

1881 Publicação dos romances *O mulato*, de Aluísio Azevedo, e *Memórias póstumas de Brás Cubas*, de Machado de Assis.

REALISMO • NATURALISMO • PARNASIANISMO

1893 Publicação dos livros *Missal* e *Broquéis*, de Cruz e Sousa.

SIMBOLISMO

1902 Publicação do livro *Os sertões*, de Euclides da Cunha.

PRÉ-MODERNISMO

1922 Realização da Semana de Arte Moderna, em São Paulo.

MODERNISMO

José de Alencar

Fatos biográficos

1829 A 1º de março, segundo a certidão de idade, nasce em Mecejana, no Ceará, José Martiniano de Alencar, filho de José Martiniano de Alencar, que participou ativamente da vida política do Império, e de Ana Josefina de Alencar. (A família do escritor, porém, comemorava seu aniversário a 1º de maio, que, provavelmente, deve ser a data correta de seu nascimento.)

1846 Matricula-se na Faculdade de Direito de São Paulo. Funda, com colegas do primeiro ano, a revista *Ensaios Literários*.

1848 Transfere-se para a Faculdade de Direito de Olinda, onde cursa o terceiro ano.

1849 Volta a São Paulo, onde cursa o quarto ano da Faculdade de Direito, formando-se no ano seguinte.

1854 Inicia sua colaboração no jornal *Correio Mercantil*, que vai até o ano seguinte.

1855 Passa a colaborar como folhetinista no *Diário do Rio de Janeiro*.

1856 Sob o pseudônimo de "Ig", faz a crítica do poema "A Confederação dos Tamoios", de Gonçalves de Magalhães. Essa crítica fez nascer entre Alencar e os amigos do poeta uma acirrada polêmica, de que participou o próprio D. Pedro II. Nesse mesmo ano, começa a publicar, em folhetim, seu primeiro romance: *Cinco minutos*.

1857 Publica o romance *O guarani* (anteriormente em folhetim), seu primeiro grande sucesso literário. Inicia intensa produção teatral.

1859 Torna-se chefe da Secretaria do Ministério da Justiça. Mais tarde, passa a consultor desse ministério.

1860 Morre seu pai, o senador José Martiniano de Alencar. Viaja ao Ceará em propaganda de sua candidatura a deputado.

1861 Elege-se deputado pelo Partido Conservador.

1864 Casa-se com Ana Cochrane, que pertencia à família do almirante inglês Cochrane, um dos participantes das lutas da Independência.

1865 Inicia a publicação das *Cartas de Erasmo*, dirigidas ao imperador. Primeira edição do romance *Iracema*.

1868 Torna-se Ministro da Justiça, cargo que ocupará por dois anos.

1869 Candidata-se ao Senado, contrariando D. Pedro II.

1870 Volta à Câmara dos Deputados em oposição ao Imperador, que o exclui da lista para a recomposição do Senado.

1875 Publica a primeira edição do romance *Senhora*.

1877 A 12 de dezembro, falece no Rio de Janeiro, aos 48 anos de idade.

Obras

Linha social ou urbana
Cinco minutos (1856), *A viuvinha* (1857), *Lucíola* (1862), *Diva* (1864), *A pata da gazela* (1870), *Sonhos d'ouro* (1872), *Senhora* (1875), *Encarnação* (1893).

Linha regionalista
O gaúcho (1870), *O tronco do ipê* (1871), Til (1872), *O sertanejo* (1875).

Linha histórica
O guarani (1857), *As minas de prata* (1871), *A guerra dos mascates* (1873).

Linha indianista
Iracema (1865), *Ubirajara* (1874).

A viuvinha

A viuvinha (1857) insere-se na linha dos romances urbanos de José de Alencar. As personagens são citadinas, e o Rio de Janeiro, então corte do Segundo Reinado, é um expressivo pano de fundo para o enredo romântico envolvendo um casal apaixonado.

Uma particularidade importante deste romance é o espaço urbano. Há um trajeto detalhado da cidade do Rio de Janeiro, e nele percebemos o contraste entre os bairros chiques e os paupérrimos; entre a Rua do Ouvidor, com suas lojas importantes (é o caso da Wallenstein), e o bairro de cortiços, como o da Misericórdia. A importância do Hotel Pharoux e seu famoso restaurante faz paralelo às tabernas imundas. Esses contrastes geográficos acentuam os contrastes de alma do personagem Jorge, que, moço rico e esbanjador, põe a perder a herança recebida do pai e o nome da família.

A viuvinha segue a mesma estrutura do romance *Cinco minutos* (1856). É o narrador que, através de uma carta enviada à prima, conta a história de dois vizinhos, cujos nomes são substituídos por pseudônimos.

Jorge e Carolina formam um par romântico. São jovens, estão apaixonados e pretendem se casar em breve. O leitor pressupõe que ambos vêm de família abastada. A mãe de Carolina, viúva, apoia o romance. Qual seria o "complicador" deste enredo feliz?

A vida pregressa de Jorge. O rapaz havia herdado trezentos contos que, após a morte do pai, foram administrados pelo senhor Almeida, um amigo da família. Jorge, quando toma posse da fortuna, não segue os conselhos do velho e acaba gastando todo o dinheiro em jantares, diversões e jogos. Quando conhece Carolina e resolve se casar, está não só falido como também em débito com os credores do pai.

Jorge vive então um impasse: se romper o noivado, deixará Carolina com má reputação. Casar-se com ela, trazendo o estigma da falência, é igualmente reprovável. Que caminho ele escolhe?

O casamento, primeiro. Depois, ele crê que sua saída seja o suicídio.

A partir desse ponto, a narrativa sofre um "corte", a história é adiantada em cinco anos. O leitor acompanha a trajetória de Carlos, um homem de aparência distinta, mas sofrida, que conduz seus negócios na Praça do Comércio. Ficamos também sabendo que Carolina, durante esses anos, ganhou o apelido de Viuvinha, por usar luto constante e comportar-se como autêntica esposa que perdeu o marido, vivendo só para sua memória.

Aos poucos, o leitor vai entender os motivos de Carlos, que, apesar de lidar com grandes quantias de dinheiro, vive modestamente, quase na miséria. E também notará um admirador secreto da Viuvinha, que coloca todas as noites uma flor em sua janela. O envolvimento desses personagens leva ao desejado final feliz de muitos romances românticos.

O enredo de *A viuvinha* é simples, apresentando, contudo, vários temas importantes do Romantismo: o sentimento absoluto, que une o par romântico além das convenções e da sociedade; o comportamento de exceção dos personagens, que mostram uma dignidade e nobreza idealizados, absolutos; o dinheiro em contraposição à honra, esse também um dos temas constantes na obra de Alencar; os expedientes românticos usados na aproximação entre Carolina e o "estranho", como a flor deixada na janela, de madrugada; a necessidade de que os apaixonados passem por provações para confirmar seu sentimento.

Na verdade, mais que o amor, o grande tema de *A viuvinha* é a honra. O autor sugere que a plena realização amorosa só se concretize se unir pessoas de caráter superior, que aceitem as dificuldades impostas pelo destino e lutem contra elas. Destaque importante nesta trama de honra e amor fica para o senhor Almeida, uma espécie de "sombra" às costas de Jorge, indicando-lhe atitudes e convencendo-o da importância dos valores sólidos, morais.

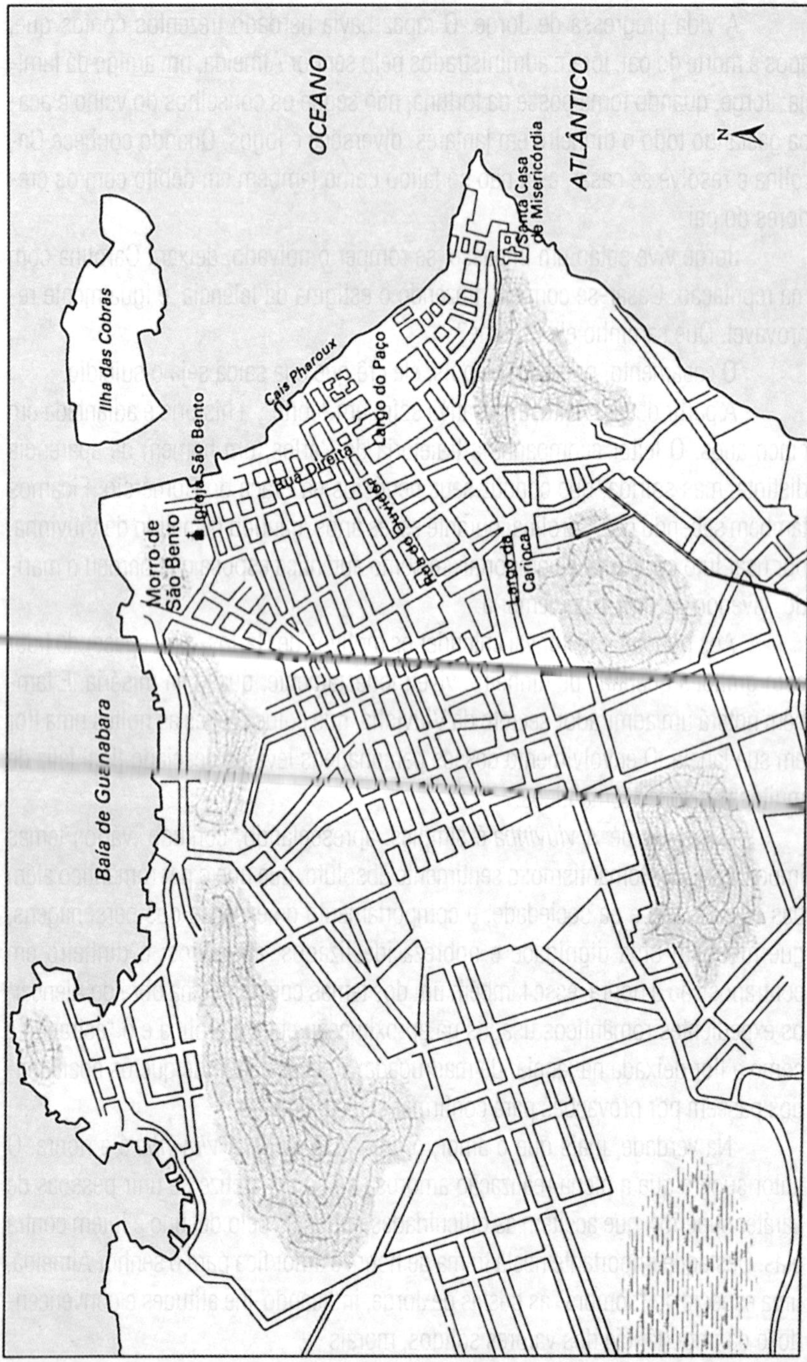

Mapa do centro da cidade do Rio de Janeiro em 1857, com os principais pontos citados em *A viuvinha.*

PAINEL FOTOGRÁFICO

José de Alencar.

VICTOR FROND

O Hospital da Misericórdia, no Rio de Janeiro. "Quando Jorge chegou ao lugar onde hoje se eleva o Hospital da Misericórdia, (...) o horizonte se esclarecia com os primeiros clarões da alvorada" (página 34).

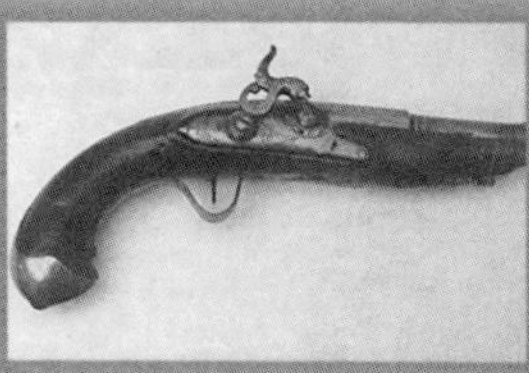

THAÏS BOTELHO / MUSEU PAULISTA

Pistola de percussão do século XIX. "Meia hora depois ouviram-se dois tiros de pistola; os trabalhadores, que vinham chegando para o serviço, correram ao lugar de onde partira o estrondo, e viram sobre a areia o corpo de um homem..." (página 36).

VICTOR FROND

Praia da Glória, no final do século XIX. "Se passasse há dez anos pela Praia da Glória, minha prima, (...) veria de longe sorrir--lhe entre o arvoredo, na quebrada da montanha, uma casinha de quatro janelas com um pequeno jardim na frente" (página 17).

Em 1862 era assim a Rua Direita, hoje 1º de março. Também aparece na foto a Praça do Comércio. "O mocinho negociante, tendo chegado à Praça do Comércio, tomou o braço da pessoa que o esperava (...) . Os dois moços de braço dado dobraram o canto da Rua Direita" (página 38).

STAHL & WAHNSCHAFFE

Vista da região central do Rio de Janeiro em 1865. Em primeiro plano, aparecem as casas das ruas de São José e da Assembleia. Em seguida, veem-se a Torre da Sé e o antigo Convento do Carmo, com seu passadiço de ligação ao Paço da Cidade. No Largo do Paço, destacam-se o Hotel de France, o Arco do Teles, o mercado e, ainda, a fila de tílburis de aluguel.

STAHL & WAHNSCHAFFE

A Rua Direita, no Rio de Janeiro, em 1865. Destacam-se o trecho conhecido por Carceler e o ponto dos primeiros ônibus puxados a burro, chamados de "gôndolas". No Carceler, estabelecimento de Schroeder, vendiam-se os primeiros sorvetes da cidade.

CASA LEUZINGER

Vendedor ambulante das ruas do Rio de Janeiro, no século XIX.

ICONOGRAPHIA

CAMILLO VEDANI

O Rio de Janeiro na segunda metade do século XIX. Após os barcos, em primeiro plano, está o ancoradouro; depois, em segundo plano, avistam-se o Arsenal de Guerra (hoje Museu Histórico Nacional), a Misericórdia, a Estação das Barcas e o Hotel Pharoux, locais citados em várias obras de José de Alencar.

MUSEU PAULISTA

Cadeira de arruar, ou seja, de "andar na rua". Era um transporte muito comum em meados do século XIX, nas ruas do Rio de Janeiro.

Moda de Paris para setembro de 1859. As mulheres cariocas da classe alta procuravam acompanhar a moda que vinha de Paris, comprando revistas e encomendando vestidos às modistas francesas da Rua do Ouvidor.

Os homens elegantes do Rio de Janeiro também procuravam seguir os lançamentos da moda europeia, principalmente a francesa e a inglesa. Por volta de 1850, esses trajes eram a última novidade na Europa.

Cheirar rapé era um elegante hábito social. Observe a sofisticação desses objetos: estojo de ouro para caixa de rapé e caixas de rapé de prata e de osso de tartaruga.

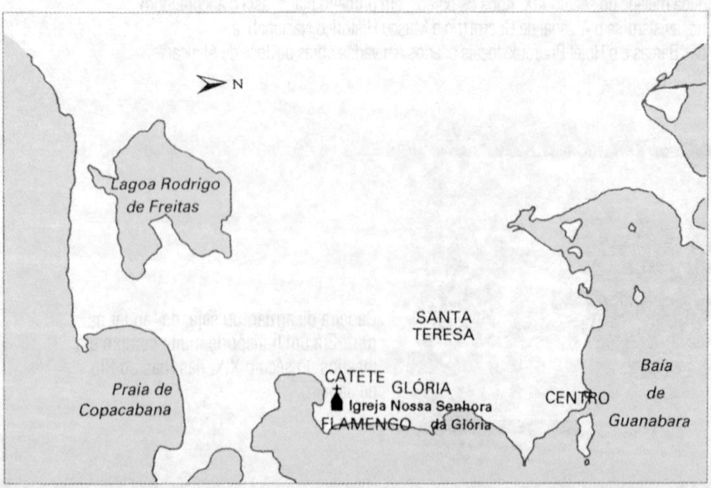

Bairros da cidade do Rio de Janeiro da época em que transcorre a ação de *A viuvinha.*

A D...

JANEIRO DE 1857

1

Se passasse há dez anos pela Praia da Glória, minha prima, antes que as novas ruas que se abriram tivessem dado um ar de cidade às lindas encostas do Morro de Santa Teresa, veria de longe sorrir-lhe entre o arvoredo, na quebrada da montanha, uma casinha de quatro janelas com um pequeno jardim na frente.

Ao cair da tarde, havia de descobrir na última das janelas o vulto gracioso de uma menina que aí se conservava imóvel até seis horas, e que, retirando-se ligeiramente, vinha pela portinha do jardim encontrar-se com um moço que subia a ladeira, e oferecer-lhe modestamente a fronte, onde ele pousava um beijo de amor tão casto que parecia antes um beijo de pai.

Depois, com as mãos entrelaçadas, iam ambos sentar-se a um canto do jardim, onde a sombra era mais espessa, e aí conversavam baixinho um tempo esquecido; ouvia-se apenas o doce murmúrio das vozes, interrompidas por esses momentos de silêncio em que a alma emudece, por não achar no vocábulo humano outra linguagem que melhor a exprima.

O arrulhar desses dois corações virgens durava até oito horas da noite, quando uma senhora de certa idade chegava a uma das janelas da casa, já então iluminada, e, debruçando-se um pouco, dizia com a sua voz doce e afável:

— Olha o sereno, Carolina!

A essas palavras os dois amantes[1] se erguiam, atravessavam o pequeno espaço que os separava da casa, e subiam os degraus da porta, onde eram recebidos pela senhora que os esperava.

— Boa noite, D. Maria — dizia o moço.

— Boa noite, Sr. Jorge; como passou? — respondia a boa senhora.

A sala da casinha era simples e pequena, mas muito elegante; tudo nela respirava esse aspecto alegre e faceiro que ri-se com a vista.

Aí nessa sala passavam as três pessoas de que lhe falei um desses serões de família, íntimos e tranquilos, como não os há talvez nessa bela cidade do Rio de Janeiro, invadida pelos usos e costumes estrangeiros.

Os dois moços sentavam-se ao piano; as mãozinhas distraídas da menina roçavam apenas pelo teclado, fazendo soar uns ligeiros arpejos que serviam de acompanhamento a uma conversação em meia voz.

---

1 No século XIX, a palavra *amantes* tinha o sentido de "namorados", "apaixonados".

D. Maria, sentada à mesa do meio da sala, jogava a paciência; e quando levantava a vista das cartas, era para olhar a furto os dois moços e sorrir-se de satisfeita e feliz.

Isso durava até à hora do chá; e pouco depois Jorge retirava-se, beijando a mão da boa senhora, que nesse momento tinha sempre uma ordem a dar e fingia não ver o beijo de despedida que o moço imprimia na fronte cândida da menina.[1]

Agora, minha prima, se quer saber o segredo da cena que lhe acabei de descrever, cena que se repetia todas as tardes havia um mês, dê-me alguns momentos de atenção, que vou satisfazê-la.

Esse moço que designei com o nome de Jorge, e que realmente tinha outro nome, em que decerto há de ter ouvido falar, era o filho de um negociante rico que falecera, deixando-o órfão em tenra idade; seu tutor, velho amigo de seu pai, zelou a sua educação e a sua fortuna, como homem inteligente e honrado que era.

Chegando à maioridade Jorge tomou conta de seu avultado patrimônio e começou a viver essa vida dos nossos moços ricos, os quais pensam que gastar o dinheiro que seus pais ganharam é uma profissão suficiente para que se dispensem de abraçar qualquer outra.

Temos, infelizmente, muitos exemplos dessas esterilidades a que se condenam homens que, pela sua posição independente, podiam aspirar a um futuro brilhante.

Durante três anos o moço entregou-se a esse delírio do gozo que se apodera das almas ainda jovens; saciou-se de todos os prazeres, satisfez todas as vaidades.

As mulheres lhe sorriam, os homens o festejavam; teve amantes, luxo, e até essa glória efêmera, auréola passageira que brilha algumas horas para aqueles que pelos seus vícios e pelas suas extravagâncias excitam um momento a curiosidade pública.

Felizmente, como quase sempre sucede, no meio das sensações materiais, a alma se conservara pura: envolta ainda na sua virgindade primitiva, dormira todo o tempo em que a vida parecia ter-se concentrado nos sentidos, e só despertou quando, fatigado pelos excessos do prazer, gasto pelas emoções repetidas de uma existência desregrada, o moço sentiu o tédio e o aborrecimento, que é a última fase dessa embriaguez do espírito.[2]

Tudo que até então lhe parecera cor-de-rosa tornou-se insípido e monótono, todas essas mulheres que cortejara, todas essas loucuras que o excitaram, todo esse luxo que o fascinara, causavam-lhe repugnância; faltava-lhe um quer que seja, sentiu um vácuo imenso; ele, que antes não podia viver senão em sociedade e no bulício do mundo, procurava a solidão.

Uma circunstância bem simples modificou a sua existência.

---

1 Note como o narrador destaca a intimidade brasileira à moda antiga, feita de pequenas gentilezas; isso, para ele, destoava de costumes e usos estrangeiros tão em moda na corte.

2 Descrição típica do Romantismo: apesar dos vícios, a pureza da alma; a reflexão noturna transformando-se em ação purificadora pela beleza da manhã. A valorização da natureza é uma característica romântica.

Levantou-se um dia depois de uma noite de insônia, em que todas as recordações de sua vida desregrada, todas as imagens das mulheres que o haviam seduzido perpassaram como fantasmas pela sua imaginação, atirando-lhe um sorriso de zombaria e de escárnio.

Abriu a janela para aspirar o ar puro e fresco da manhã, que vinha rompendo.

Daí a pouco o sino da igrejinha da Glória começou a repicar alegremente; esse toque argentino, essa voz prazenteira do sino, causou-lhe uma impressão agradável.

Vieram-lhe tentações de ir à missa.

A manhã estava lindíssima, o céu azul e o sol brilhante; quando não fosse por espírito de religiosidade excitava-o a ideia de um belo passeio a um dos lugares mais pitorescos da cidade.

2

Alguns instantes depois Jorge subia a ladeira e entrava na igreja.

A modesta simplicidade do templo impôs-lhe respeito; ajoelhou-se; não rezou, porque não sabia, mas lembrou-se de Deus e elevou o seu espírito desde a miséria do homem até a grandeza do Criador.

Quando ergueu-se, parecia-lhe que se tinha libertado de uma opressão que o fatigava; sentia um bem-estar, uma tranquilidade de espírito indefinível.

Nesse momento viu ajoelhada ao pé da grade que separa a capela, uma menina de quinze anos, quando muito: o perfil suave e delicado, os longos cílios que vendavam seus olhos negros e brilhantes, as tranças que realçavam a sua fronte pura, o impressionaram.

Começou a contemplar aquela menina como se fosse uma santa; e, quando ela levantou-se para retirar-se com sua mãe, seguiu-a insensivelmente até a casa que já lhe descrevi porque esta moça era a mesma de que lhe falei, e sua mãe D. Maria.

Escuso contar-lhe o que se passou depois. Quem não sabe a história simples e eterna de um amor inocente, que começa por um olhar, passa ao sorriso, chega ao aperto de mão às escondidas, e acaba afinal por um beijo e por um sim, palavras sinônimas no dicionário do coração?

Dois meses depois desse dia começou aquela visita ao cair da tarde, aquela conversa à sombra das árvores, aquele serão de família, aquela doce intimidade de um amor puro e tranquilo.

Jorge esperava apenas esquecer de todo a sua vida passada, apagar completamente os vestígios desses tempos de loucura, para casar-se com aquela menina, e dar-lhe a sua alma pura e sem mancha.

Já não era o mesmo homem: simples nos seus hábitos e na sua existência, ninguém diria que algum tempo ele tinha gozado de todas as voluptuosidades do luxo;

parecia um moço pobre e modesto, vivendo do seu trabalho e ignorando inteiramente os cômodos da riqueza.

Como o amor purifica, D...! Como dá forças para vencer instintos e vícios contra os quais a razão, a amizade e os seus conselhos severos foram impotentes e fracos!

Creia que se algum dia me metesse a estudar as altas questões sociais que preocupam os grandes políticos, havia de cogitar alguma coisa sobre essa força invencível do mais nobre dos sentimentos humanos.

Não há aí um sistema engenhoso que pretende regenerar o homem pervertido, fazendo-lhe germinar o arrependimento por meio da pena e despertando-lhe os bons instintos pelo isolamento e pelo silêncio?

Por que razão há de procurar-se aquilo que é contra a natureza, e desprezar-se o germe que Deus deu ao coração do homem para regenerá-lo e purificá-lo?

Perdão, minha prima; não zombe das minhas utopias sociais; desculpe-me essa distração; volto ao que sou — simples e fiel narrador de uma pequena história.

Em amor, dois meses depressa se passam; os dias são momentos agradáveis e as horas flores que os amantes desfolham sorrindo.

Por fim chegou a véspera do casamento, que se devia fazer simplesmente em casa, na presença de um ou dois amigos; o moço, fatigado dos prazeres ruidosos, fazia agora de sua felicidade um mistério.

Nenhum dos seus conhecidos sabia de seus projetos; ocultava o seu tesouro, com medo que lho roubassem; escondia a flor do sentimento que tinha dentro d'alma, receando que o bafejo do mundo onde vivera a viesse crestar.

A noite passou-se simplesmente como as outras; apenas notava-se em D. Maria uma atividade que não lhe era habitual.

A boa senhora, que exigira como condição que seus dois filhos ficassem morando com ela para alegrar a sua solidão e a sua viuvez, temia que alguma coisa faltasse à festa simples e íntima que devia ter lugar no dia seguinte.

De vez em quando erguia-se e ia ver se tudo estava em ordem, se não havia esquecido alguma coisa; e parecia-lhe que voltava aos primeiros anos da sua infância, repassando na memória esse dia, que uma mulher não esquece nunca.

Nele se passa o maior acontecimento de sua vida; ou realiza-se um sonho de ventura, ou murcha para sempre uma esperança querida que se guarda no fundo do coração; pode ser o dia da felicidade ou da desgraça, mas é sempre uma data notável no livro da vida.

No momento da partida, quando Jorge levantou-se, D. Maria, que compreendia o que essas duas almas tinham necessidade de dizer-se mutuamente, retirou-se.

Os dois amantes apertaram-se as mãos e olharam-se com um desses olhares longos, fixos e ardentes que parecem embeber a alma nos seus raios límpidos e brilhantes.

Tinham tanta coisa a dizer e não proferiam uma palavra; foi só depois de um comprido silêncio que Jorge murmurou quase imperceptivelmente:

— Amanhã!...

Carolina sorriu enrubescendo; aquele *amanhã* exprimia a felicidade, a realização desse belo sonho cor-de-rosa que havia durado dois meses; a linda inocente menina, que amava com toda pureza de sua alma, não tinha outra resposta.

Sorriu e corou.

Jorge desceu lentamente a ladeira, e ao quebrar a rua voltou-se ainda uma vez para lançar um olhar à casa.

Uma luz brilhava nas trevas entre as cortinas do quarto de sua noiva; era a estrela do seu amor, que brevemente devia transformar-se em *lua-de-mel*.

3

Deve fazer uma ideia, minha prima, do que será a véspera do casamento para um homem que ama.

A alma, a vida, pousa no umbral dessa nova existência que se abre, e daí lança um volver para o passado e procura devassar o futuro.

Aquém a liberdade, a isenção, a tranquilidade de espírito, que se despedem do homem; além a família, os gozos íntimos, o lar doméstico, esse santuário das verdadeiras felicidades do mundo que acenam de longe.

No meio de tudo isso, a dúvida e a incerteza, essas inimigas dos prazeres humanos, vêm agitar o espírito e toldar o céu brilhante das esperanças que sorriem.

O futuro valerá o passado?

E nessa questão louca e insensata debate-se o pensamento, como se a prudência e a sabedoria humanas pudessem dar-lhe uma solução, como se os cálculos da providência fossem capazes de resolver o problema.

É isso pouco mais ou menos o que se passava no espírito de Jorge quando caminhava pela Praia da Glória seguindo o caminho de sua casa.

Davam dez horas no momento em que o moço chegava à Rua de Matacavalos, à porta de um pequeno sobrado, onde habitava depois da sua retirada do mundo.

Ao entrar, o escravo preveniu-lhe que uma pessoa o esperava no seu gabinete; o moço subiu apressadamente e dirigiu-se ao lugar indicado.

A pessoa que lhe fazia essa visita fora de horas era seu antigo tutor, o amigo de seu pai, a quem por algum tempo substituiu com a sua amizade sincera e verdadeira.

O Sr. Almeida era um velho de têmpera antiga, como se dizia há algum tempo a esta parte; os anos haviam aumentado a gravidade natural de sua fisionomia.

Conservava ainda toda a energia do caráter, que se revelava na vivacidade do olhar e no porte firme de sua cabeça calva.

— A sua visita a essas horas... — disse o moço entrando.

— Admira-o? — perguntou o Sr. Almeida.

— Certamente; não porque isso não me dê prazer; mas acho extraordinário.

— E com efeito o é; o que me trouxe aqui não foi o simples desejo de fazer-lhe uma visita.

— Então houve um motivo imperioso?

— Bem imperioso.

— Nesse caso — disse o moço —, diga-me de que se trata, Sr. Almeida; estou pronto a ouvi-lo.

O velho tomou uma cadeira, sentou-se à mesa que havia no centro do gabinete, e, aproximando um pouco de si o candeeiro que esclarecia o aposento, tirou do bolso uma dessas grandes carteiras de couro da Rússia, que colocou defronte de si.

O moço, preocupado por esse ar grave e solene, sentou-se em face e esperou com inquietação a decifração do enigma.

— Chegando a casa há pouco, entregaram-me uma carta sua, em que me participava o seu casamento.

— Não o aprova? — perguntou o moço inquieto.

— Ao contrário, julgo que dá um passo acertado; e é com prazer que aceito o convite que me fez de assistir a ele.

— Obrigado, Sr. Almeida.

— Não é isso, porém, que me trouxe aqui; escute-me.

O velho recostou-se na cadeira, e, fitando os olhos no moço, considerou-o um momento, como quem procurava a palavra por que devia continuar a conversa.

— Meu amigo — disse o Sr. Almeida —, há cinco anos que seu pai faleceu.

— Trata-se de mim então? — perguntou Jorge, cada vez mais inquieto.

— Do senhor e só do senhor.

— Mas o que sucedeu?

— Deixe-me continuar. Há cinco anos seu pai faleceu; e há três que, tendo o senhor completado a sua maioridade, eu, a quem o meu melhor amigo havia confiado a sorte de seu filho, entreguei-lhe toda a sua herança, que administrei durante dois anos com o zelo que me foi possível.

— Diga antes com uma inteligência e uma nobreza bem raras nos tempos de hoje.

— Não houve nada de louvável no que pratiquei; cumpri apenas o meu dever de homem honesto e a promessa que fiz a um amigo.

— A sua modéstia pode ser dessa opinião; porém a minha amizade e o meu reconhecimento pensam diversamente.

— Perdão; não percamos tempo em cumprimentos. A fortuna que lhe deixara seu pai, e que ele ajuntara durante trinta anos de trabalho e de privações, consistia em cem apólices e na sua casa comercial, que representava um capital igual, ainda mesmo depois de pagas as dívidas.

— Sim, senhor, graças à sua inteligente administração, achava-me possuidor de duzentos contos de réis, a que dei bem mau emprego, confesso.

— Não desejo fazer-lhe exprobrações; o senhor não é mais meu pupilo, é um homem; já não lhe posso falar com autoridade de um segundo pai, mas simplesmente com a confiança de um velho amigo.

— Mas um amigo que me merecerá sempre o maior respeito.

— Infelizmente o senhor não tem dado provas disso; durante perto dc um ano acompanhei-o como uma sombra, importunei-o com os meus conselhos, abusei dos meus direitos de amigo de seu pai, e tudo isso foi debalde.

— É verdade — disse o moço, abaixando tristemente a cabeça —, para vergonha minha é verdade!

— A vida elegante o atraía, a ociosidade o fascinava; o senhor lançava pela janela às mãos cheias o ouro que seu pai havia ajuntado real a real.

— Basta; não me lembre esse tempo de loucura que eu desejava riscar da minha vida.

— Conheço que o incomodo; mas é preciso. Durante este primeiro ano, em que ainda tive esperanças de o fazer voltar à razão, não houve meio que não empregasse, não houve estratagema de que não lançasse mão. Responda-me, não é exato?

— Alguma vez o neguei?

— Diga-me do fundo da sua consciência: julga que um pai no desespero podia fazer mais por um filho do que eu fiz pelo senhor?

— Juro que não! — disse Jorge, estendendo a mão.

— Pois bem, agora é preciso que lhe diga tudo.

— Tudo?...

— Sim; ainda não concluí. Os seus desvarios de três anos arruinaram a sua fortuna.

— Eu o sei.

— As suas apólices voaram umas após outras, e foram consumidas em jantares, prazeres e jogos.

— Restava-me, porém, a minha casa comercial.

— Restava-lhe — continuou o velho, carregando sobre essa palavra — a sua casa comercial, mas três anos de má administração deviam naturalmente ter influído no estado dessa casa.

— Parece-me que não.

— Sou negociante, e sei o que é o comércio. Depois que o vi finalmente voltar à vida regrada, quis ocupar-me de novo dos seus negócios; indaguei, informei-me e ontem terminei o exame da sua escrituração, que obtive de seus caixeiros quase que por um abuso de confiança. O resultado tenho-o aqui.

O velho pousou a mão sobre a carteira.

— E então? — perguntou Jorge com ansiedade.

O Sr. Almeida, fitando no moço um olhar severo, respondeu lentamente à sua pergunta inquieta:

— O senhor está pobre.

4

Para um homem habituado aos cômodos da vida, a essa descuidosa existência da gente rica, que tem a chave de ouro que abre todas as portas, o talismã que vence todos os impossíveis, essa palavra *pobre* é a desgraça, é mais do que a desgraça, é uma fatalidade.

A miséria com o seu cortejo de privações e de desgostos, a humilhação de uma posição decaída, a terrível necessidade de aceitar, se não a caridade, ao menos a benevolência alheia, tudo isso desenhou-se com as cores mais carregadas no espírito do moço à simples palavra que seu tutor acabava de pronunciar.

Contudo, como já se havia de alguma maneira preparado para uma vida laboriosa pelo tédio que lhe deixaram os seus anos de loucura, aceitou com uma espécie de resignação o castigo que lhe dava a Providência.

— Estou pobre — disse ele respondendo ao Sr. Almeida —, não importa; sou moço, trabalharei, e como meu pai hei de fazer uma fortuna.

O velho abanou a cabeça com uma certa ironia misturada de tristeza.

— O senhor duvida? O meu passado dá-lhe direito para isso; mas um dia lhe provarei o contrário, e lhe mostrarei que mereço a sua estima.

— Essa promessa ma restitui toda. Mas que conta fazer?

— Não sei; a noite me há de inspirar. Liquidarei esse pouco que me resta...

— Esse pouco que lhe resta?

— Sim.

— Não me compreendeu então; disse-lhe que estava pobre; não lhe resta senão a miséria e...

— E... — balbuciou o moço pálido e com a alma suspensa aos lábios do velho, cuja voz tinha tomado uma entonação solene ao pronunciar aquele monossílabo.

— E as dívidas de seu pai —, articulou o Sr. Almeida no mesmo tom.

Jorge deixou-se cair sobre a cadeira com desânimo; esse último golpe o prostrara; a sua energia não resistia.

O velho, cuja intenção real era possível de adivinhar, porque às vezes tornava-se benévolo como um amigo e outras severo como um juiz, encarou-o por algum tempo com uma dureza de olhar inexprimível:

— Assim — disse ele —, eis um filho que herdou um nome sem mancha e uma fortuna de duzentos contos de réis; e que, depois de ter lançado ao pó das ruas as gotas de suor da fronte de seu pai amassadas durante trinta anos, atira ao desprezo, ao escárnio e à irrisão pública esse nome sagrado, esse nome que toda a praça do Rio de Janeiro respeitava como o símbolo da honradez. Diga-me que título merece esse filho?[1]

1 Observe a dureza com que o Sr. Almeida cobra uma posição de Jorge. A honra do nome paterno é um dos temas principais de *A viuvinha*.

— O de um miserável e de um infame — disse Jorge levantando a cabeça. — Eu o sou! Mas a memória de meu pai, que eu venero, não pode ser manchada pelos atos de um mau filho.

— O senhor bem mostra que não é negociante.

— Não é preciso ser negociante para compreender o que é honra e probidade, Sr. Almeida.

— Mas é preciso ser negociante para compreender até que ponto obriga a honra e a probidade de um negociante. Seu pai devia; em vez de saldar essas obrigações com a riqueza que lhe deixou, consumiu-a em prazeres; no dia em que o nome daquele que sempre fez honra à sua firma for declarado falido, a sua memória está desonrada.

— O senhor é severo demais, Sr. Almeida.

— Oh! não discutamos; penso dessa maneira; não sou rico, mas procurarei salvar o nome de meu amigo da desonra que seu filho lançou sobre ele.

— E o que me tocará a mim então?

— Ao senhor — disse o velho erguendo-se —, fica-lhe a miséria, a vergonha, o remorso, e talvez que mais tarde o arrependimento.

A angústia e o desespero que se pintavam nas feições de Jorge tocavam quase à alucinação e ao desvario; às vezes era como uma atonia que lhe paralisava a circulação, outras tinha ímpetos de fechar os olhos e atirar a matéria contra a matéria, para ver se nesse embate a dor física, a anulação do espírito, moderavam o profundo sofrimento que torturava sua alma.

Por fim uma ideia sinistra passou-lhe pela mente, e agarrou-se a ela como um náufrago a um destroço de seu navio; o desespero tem dessas coincidências; um pensamento louco é às vezes um bálsamo consolador que, se não cura, adormece o padecimento.

O moço ficou de todo calmo; mas era essa calma sinistra que se assemelha ao silêncio que precede as grandes tempestades.

Tudo isso se passou num momento, enquanto o Sr. Almeida, com o seu sorriso irônico, abotoava até a gola sua sobrecasaca, dispondo-se a sair.

— Estamos entendidos, senhor, pode mandar debitar-me nos seus livros pelas dívidas de seu pai. Boa noite.

— Adeus, senhor.

O velho saiu direito e firme como um homem no vigor da idade.

Jorge escutou o som de suas passadas, que ecoaram surdamente no soalho, até o momento em que a porta da casa fechou-se.

Então curvou a cabeça sobre o braço, apoiado ao umbral da janela, e chorou.

Quando um homem chora, minha prima, a dor adquire um quer que seja de suave, uma voluptuosidade inexprimível; sofre-se, mas sente-se quase uma consolação em sofrer.

Vós, mulheres, que chorais a todo o momento, e cujas lágrimas são apenas um sinal de vossa fraqueza, não conheceis esse sublime requinte da alma que sente um alívio em deixar-se vencer pela dor; não compreendeis como é triste uma lágrima nos olhos de um homem.[1]

5

Uma hora seguramente se passara depois da saída do velho.

O relógio de uma das torres da cidade dava duas horas.

Jorge conservou-se na mesma posição; imóvel, com a cabeça apoiada sobre o braço, apenas se lhe percebia o abalo que produzia de vez em quando um soluço que o orgulho do homem reprimia, como que para ocultar de si mesmo a sua fraqueza.

Depois nem isso; ficou inteiramente calmo, ergueu a cabeça e começou a passear pelo aposento: a dor tinha dado lugar à reflexão; e ele podia enfim lançar um olhar sobre o passado, e medir toda a profundeza do abismo em que ia precipitar-se.

Havia apenas duas horas que a felicidade lhe sorria com todas as suas cores brilhantes, que ele via o futuro através de um prisma fascinador; e poucos instantes tinham bastado para transformar tudo isso em uma miséria cheia de vergonha e de remorsos.

As oscilações da pêndula, que na véspera respondiam alegremente às palpitações de seu coração, a bater com a esperança da ventura, ressoavam agora tristemente, como os dobres monótonos de uma campa tocando pelos mortos.

Mas não era o pensamento dessa desgraça irreparável, imensa, que tanto o afligia; os espíritos fortes, como o seu, têm para as grandes dores um grande remédio, a resignação.

A pobreza, não o acobardava; a desonra, não a temia; o que dilacerava agora a sua alma era um pensamento cruel, uma lembrança terrível:

— Carolina!...

A pobre menina, que o amava, que dormia tranquilamente embalada por algum sonho prazenteiro, que esperava com a inocência de um anjo e a paixão de uma mulher a hora dessa ventura suprema de duas almas a confundirem-se num mesmo beijo!

Podia, ele, desgraçado, miserável, escarnecido, iludir ainda por um dia esse coração e ligar essa vida de inocência e de flores à existência de um homem perdido?

Não: seria um crime, uma infâmia, que a nobreza de sua alma repelia; sentia-se bastante desgraçado, é verdade, mas essa desgraça era o resultado de uma falta, de uma bem grave falta, mas não de um ato vergonhoso.

---

1 A referência ao ato de chorar marca bem a diferença dos papéis sociais do homem e da mulher na época. As lágrimas do homem seriam fruto de uma imensa dor; já as da mulher seriam decorrentes de sua condição de ser “mais fraco”, dependente. Na verdade, o narrador está corroborando um lugar-comum na época: a fragilidade e até a futilidade dos sentimentos da mulher.

O seu casamento, pois, não podia mais efetuar-se; o seu dever, a sua lealdade, exigiam que confessasse a D. Maria e à sua filha as razões que tornavam impossível essa união.

Sentou-se à mesa e começou a escrever com uma espécie de delírio uma carta à mãe de Carolina; mas, apenas havia traçado algumas linhas, a pena estacou sobre o papel.

— Seria matá-la! — balbuciou ele.

Outra ideia lhe viera ao espírito; lembrou-se que no estado a que tinham chegado as coisas, essa ruptura havia de necessariamente prejudicar a reputação de sua noiva.[1]

Ele seria causa de que se concebesse uma suspeita sobre a pureza dessa menina, que havia respeitado como sua irmã, embora a amasse com uma paixão ardente; e este só pensamento paralisara a sua mão sobre o papel.

Recordou-se de que D. Maria um dia lhe havia dito: "Jorge, a confiança que tenho na sua lealdade é tal que lhe entreguei minha filha antes de pertencer-lhe. Lembre-se que se o senhor mudasse de ideia, embora ela esteja pura como um anjo, o mundo a julgaria uma moça iludida. Espero que respeite em sua noiva a sua futura mulher".

E o moço reconhecia quanto D. Maria tinha razão; lembrava-se, no tempo da sua vida brilhante, que comentários não faziam seus amigos sobre um casamento rompido às vezes pelo motivo o mais simples.

Deixar pesar a sombra de uma suspeita sobre a pureza de Carolina era coisa que o seu espírito nem se animava a conceber; mas iludir a pobre menina arrastando-a a um casamento desgraçado era uma infâmia.

Durante muito tempo o seu pensamento debateu-se nessa alternativa terrível, até que uma ideia consoladora veio restituir-lhe a calma.

Tinha achado um meio de tudo conciliar; um meio de satisfazer ao sentimento do seu coração e aos prejuízos do mundo.

Qual era esse meio? Ele o guardou consigo, e o concentrou no fundo d'alma; apenas um triste sorriso dizia que ele o havia achado, e que sobre a dor profunda que enchia o coração ainda pairava um sopro consolador.[2]

Toda a noite se passou nessa luta íntima.

De manhã o moço saiu e foi ver Carolina, para receber um sorriso que lhe desse forças de resistir ao sofrimento.

A menina na sua ingênua afeição apercebeu-se da palidez do moço, mas atribuiu-a a motivo bem diverso do que era realmente.

— Não dormiste, Jorge? — perguntou ela.

— Não.

---

1 Os padrões morais do século XIX eram bastante rígidos. O rompimento de um noivado constituía uma vergonha a estigmatizar a moça solteira.

2 Note o recurso usado por Alencar para criar suspense no leitor: Jorge encontra um modo de não desonrar a noiva, mas o autor não explicita.

— Nem eu — disse corando.

Ela cuidava que era só a felicidade que trazia essas *noites brancas*, que deviam depois dourar-se aos raios do amor.

Como se enganava!

De volta, Jorge dispôs tudo que era necessário para seu casamento, e fechou-se no seu quarto até à tarde.

6

Quatro pessoas se achavam reunidas na sala da casa de D. Maria.

O Sr. Almeida, sempre grave e sisudo, conversava no vão de uma janela com um outro velho, militar reformado, cuja única ocupação era dar um passeio à tarde e jogar o seu voltarete.

O honrado negociante estava vestido em traje de cerimônia e machucava na mão esquerda um par de luvas de pelica branca, indício certo de alguma grande solenidade, como casamento ou batizado.

Os dois conversavam sobre o projeto que julgavam devia estender-se a todos os morros da cidade; era um ponto esse em que o reumatismo do Sr. Almeida e uma antiga ferida do militar reformado se achavam perfeitamente de acordo.

As outras duas pessoas eram um sacerdote respeitável e uma encantadora menina, que esperavam, sentados no sofá, a chegada de Jorge.

— Quando será o seu dia? — dizia sorrindo o padre.

— É coisa em que nem penso! — respondia a moça com um gracioso gesto de desdém.

— Ande lá! Há de pensar sempre alguma vez.

— Pois não!

E, dizendo isso, a menina suspirava, minha prima, como suspiram todas as mulheres em dia de casamento: umas desejando, outras lembrando-se, e muitas arrependendo-se.

A um lado da sala estava armado um oratório simples; um Cristo, alguns círios e dois ramos de flores bastavam à religião do amor, que tem as galas e as pompas do coração.

Jorge chegou às cinco horas e alguns minutos.

O Sr. Almeida apertou-lhe a mão com a mesma impassibilidade costumada, como se nada se tivesse passado entre eles na véspera.

Um observador, porém, teria reparado no olhar perscrutador que o negociante lançou ao moço, como procurando ler-lhe na fisionomia um pensamento oculto.

O padre revestiu-se dos seus hábitos sacerdotais; e Carolina apareceu na porta da sala guiada por sua mãe.

Dizem que há um momento em que toda a mulher é bela, em que um reflexo ilumina o seu rosto e dá-lhe esse brilho que fascina; os franceses chamam a isso... *la beauté du diable*[1].

Há também um momento em que as mulheres belas são uns anjos, em que o amor casto e puro lhes dá uma expressão divina; eu, bem ou mal, chamo a isso... *a beleza do céu*.

Carolina estava em um desses momentos; a felicidade que irradiava no seu semblante, o rubor de suas faces, o sorriso que adejava nos seus lábios, como o núncio desse monossílabo que ia resumir todo o seu amor, davam-lhe uma graça feiticeira.

Envolta nas suas roupas alvas, no seu véu transparente preso à coroa de flores de laranjeira, os seus olhos negros cintilavam com um fulgor brilhante entre aquela nuvem diáfana de rendas e sedas.

Jorge adiantou-se pálido, mas calmo, e, tomando a mão de sua noiva, ajoelhou-se com ela aos pés do sacerdote.

A cerimônia começou.

No momento em que o padre disse a pergunta solene, essa pergunta que prende toda a vida, o moço estremeceu, fez um esforço e quase imperceptivelmente respondeu. Carolina, porém, abaixando os olhos e corando, sentiu que toda a sua alma vinha pousar-lhe nos lábios com essa doce palavra.

— Sim! — murmurou ela.

A bênção nupcial, a bênção de Deus, desceu sobre essas duas almas, que se ligavam e se confundiam.

Pouco depois desapareceram os adornos de cerimônia, e na sala ficaram apenas algumas pessoas que festejavam em uma reunião de amigos e de família a felicidade de dois corações.

Jorge às vezes esforçava-se por sorrir; mas esse sorriso não iludia sua noiva, cujo olhar inquieto se fitava no seu semblante.

Entretanto a alegria de D. Maria era tão expansiva; o velho militar contava anedotas tão desengraçadas e tão chilras, que todos eram obrigados a rir e a se mostrar satisfeitos.

Jorge, mesmo à força de vontade, conseguiu dar ao seu rosto uma expressão alegre, que desvaneceu em parte a inquietação de Carolina.

Contudo havia nessa reunião uma pessoa a quem o moço não podia esconder o que se passava na sua alma, e que lia no seu rosto como um livro aberto.

Era o Sr. Almeida, que às vezes tornava-se pensativo como se combinasse alguma ideia que começava a esclarecer-lhe o espírito; sabia que a sua presença era naquele momento uma tortura para Jorge, mas não se resolvia a retirar-se.

---

1 Expressão que significa “a beleza do diabo”.

Deram dez horas, termo sacramental das visitas de família; passar além, só é permitido aos amigos íntimos; é verdade que os namorados, os maçantes e os jogadores de voltarete costumam usurpar esse direito.

Todas as pessoas levantaram-se, pois, e se dispuseram a retirar-se.

O negociante, tomando Jorge pelo braço, afastou-se um pouco.

— Estimei — disse ele — que a nossa conversa de ontem não influísse sobre a sua resolução.

O moço estremeceu.

— Era uma coisa a que estava obrigada a minha honra, mas…

O Sr. Almeida esperou a palavra, que não saiu dos lábios de Jorge. O moço tinha empalidecido.

— Mas?... — insistiu ele.

— Queria dizer que não sou tão culpado como o senhor pensa; talvez breve tenha a prova.

O negociante sorriu.

— Boa noite, Sr. Jorge.

O moço cumprimentou-o friamente.

As outras visitas tinham saído, e D. Maria, sorrindo à sua filha, retirou-se com ela.

7

Eram doze horas da noite.

Toda a casa estava em silêncio.

Algumas luzes esclareciam ainda uma das salas interiores, que fazia parte do aposento que D. Maria destinara a seus dois filhos.

Jorge, em pé no meio dessa sala, de braços cruzados, fitava um olhar de profunda angústia em uma porta envidraçada, através da qual se viam suavemente esclarecidas as alvas sanefas da cortina.

Era a porta do quarto de sua noiva.

Duas ou três vezes dera um passo para dirigir-se àquela porta, e hesitara; temia profanar o santuário da virgindade; julgava-se indigno de penetrar naquele templo sagrado de um amor puro e casto.

Finalmente tentou um esforço supremo; revestiu-se de toda a sua coragem e atravessou a sala com um passo firme, mas lento e surdo.

A porta estava apenas cerrada; tocando-a com a sua mão trêmula, o moço abriu uma fresta e correu o olhar pelo aposento.

Era um elegante gabinete forrado com um lindo papel de cor azul-celeste, tapeçado de lã de cores mortas; das janelas pendiam alvas bambinelas de cassa, suspensas às lanças douradas.

A mobília era tão simples e tão elegante como o aposento: dois consolos de mármore, uma conversadeira, algumas cadeiras, e o leito nupcial, que se envolvia nas longas e alvas cortinas, como uma virgem no seu véu de castidade.[1]

Era, pois, um ninho de amor esse gabinete, em que o bom gosto, a elegância e a singeleza tinham imprimido um cunho de graça e distinção que bem revelava que a mão do artista fora dirigida pela inspiração de uma mulher.

Carolina estava sentada a um canto da conversadeira, a alguns passos do leito, no vão das duas janelas; tinha a cabeça descansada sobre o recosto e os olhos fitos na porta da sala.

A menina trajava apenas um alvo roupão de cambraia atacado por alamares feitos de laços de fita cor de palha; o talhe do vestido, abrindo-se desde a cintura, deixava entrever o seio delicado, mal encoberto por um ligeiro véu de renda finíssima.

A indolente posição que tomara fazia sobressair toda a graça do seu corpo, e desenhava as voluptuosas ondulações dessas formas encantadoras, cuja mimosa carnação percebia-se sob a transparência da cambraia.

Seus longos cabelos castanhos de reflexos dourados, presos negligentemente, deixavam cair alguns anéis que se espreguiçavam languidamente sobre o colo aveludado, como se sentissem o êxtase desse contato lascivo.

Descansava sobre uma almofada de veludo a ponta de um pezinho delicado, que rocegando a orla do seu roupão, deixava admirar a curva graciosa que se perdia na sombra.

Um sorriso, ou antes um enlevo, frisava os lábios entreabertos; os olhos fixos na porta vendavam-se às vezes com os seus longos cílios de seda, que, cerrando-se, davam uma expressão ainda mais lânguida ao seu rosto.[2]

Foi em um desses momentos que Jorge entreabriu a porta e olhou: nunca vira a sua noiva tão bela, tão cheia de encanto e de sedução.

E entretanto ele, seu marido, seu amante, que ela esperava, ele, que tinha a felicidade ali, junto de si, sorriu amargamente como se lhe houvessem enterrado um punhal no coração.

Abriu a porta, e entrou.

A moça teve um leve sobressalto; e, dando com os olhos no seu amante, ergueu-se um pouco sobre a conversadeira, tanto quanto bastou para tomar-lhe as mãos e engolfar-se nos seus olhares.

Que muda e santa linguagem não falavam essas duas almas embebendo-se uma na outra! Que delícia e que felicidade não havia nessa mútua transmissão da vida entre dois corações que palpitavam um pelo outro!

---

1 Repare na sutileza da minuciosa descrição do quarto e o destaque dado à cama de casal. É um recurso de Alencar, preparando a cena de intimidade do casal que se seguirá.

2 Alencar é um autor que descreve com sensualidade a beleza feminina. Aqui, ele usa detalhes do vestuário e do corpo de Carolina para acentuar o clima de erotismo que envolve o casal.

Assim ficaram tempo esquecido; ambos viviam uma mesma vida, que se comunicava pelo fluido do olhar e pelo contato das mãos; pouco e pouco as suas cabeças se aproximaram, os seus hálitos se confundiram, os lábios iam tocar-se.

Jorge afastou-se de repente, como se sentisse sobre a sua boca um ferro em brasa; desprendeu as mãos, e sentou-se pálido e lívido como um morto.

A menina não reparou na palidez de seu marido; toda entregue ao amor, não tinha outro pensamento, outra ideia.

Deixou cair a cabeça sobre o ombro de Jorge; e, sentindo as palpitações do seu coração sobre o seio, achava-se feliz, como se ele lhe falasse, lhe olhasse e lhe sorrisse.

Foi só quando o moço, erguendo docemente a fronte da menina, a depôs sobre o recosto da almofada, que Carolina olhou seu amante com surpresa, e viu que alguma coisa se passava de extraordinário.

— Jorge — disse ela com a voz trêmula e cheia de angústia —, tu não me amas.

— Não te amo! — exclamou o moço tristemente —; se tu soubesses de que sacrifícios é capaz o amor que te tenho!...

— Oh! não — continuou a moça abanando a cabeça —; tu não me amas! Vi-te todo o dia triste; pensei que era a felicidade que te fazia sério, mas enganei-me.

— Não te enganaste, não, Carolina, era a tua felicidade que me entristecia.

— Pois então saibas que a minha felicidade está em te ver sorrir. Vamos, não me ames hoje menos do que me amavas há dois meses!

— Há dois momentos, Carolina, em que o amor é mais do que uma paixão, é uma loucura; é o momento em que se possui, ou aquele em que se perde, o objeto que se ama.

A menina corou e abaixou os olhos sobre o tapete.

— Diz-me — tornou ela para disfarçar a sua confusão — o que sentiste hoje no momento em que as nossas duas mãos se uniram sob a bênção do padre?

Jorge estremeceu, e ia soltar uma palavra que reteve; depois disse com algum esforço:

— A felicidade, Carolina.

— Pois eu senti mais do que a felicidade; quando nossas mãos se uniam tantas vezes e que nós conversávamos horas e horas, eu era bem feliz; mas hoje quando ajoelhamos, não sei o que se passou em mim; parecia-me que tudo tinha desaparecido, tu, eu, o padre, minha mãe, e que só havia ali duas mãos que se tocavam, e nas quais nós vivíamos![1]

O moço voltou o rosto para esconder uma lágrima.

— Vem cá — continuou a moça —, deixa-me apertar a tua mão; quero ver se sinto outra vez o que senti. Ah! naquele momento parecia que nossas almas estavam tão unidas uma à outra que nada nos podia separar.

---

1 Essa fala de Carolina define bem o amor romântico, enfatizando seu caráter de exceção. O casal, unido por tal sentimento, isola-se da sociedade, ascendendo a uma esfera de espiritualidade.

A moça tomou as mãos de Jorge, e, descansando a cabeça sobre o recosto da conversadeira, cerrou os olhos e assim ficou algum tempo.

— Como agora!... — continuou ela sorrindo. — Se fecho os olhos, vejo-te aí onde estás. Se escuto, ouço a tua voz. Se ponho a mão no coração, sinto-te!

Jorge ergueu-se; estava horrivelmente pálido.

Caminhou pelo gabinete agitado, quase louco; a moça o seguia com os olhos; sentia o coração cerrado; mas não compreendia.

Por fim o moço chegou-se a um consolo sobre o qual havia uma garrafa de Chartreuse e dois pequenos copos de cristal. Sua noiva não percebeu o movimento rápido que ele fez, mas ficou extremamente admirada vendo-o apresentar-lhe um dos cálices cheio de licor.

— Não gosto! — disse a menina com gracioso enfado.

— Não queres então beber à minha saúde! Pois eu vou beber à tua.

Carolina ergueu-se vivamente e, tomando o cálice, bebeu todo o licor.

— Ao nosso amor!...

Jorge sorriu tristemente.

Dava uma hora da noite.

8

Jorge tomou as mãos de sua mulher e beijou-as.

— Carolina!

— Meu amigo!

— Sabes o meu passado: já te contei todas as minhas loucuras, e tu me perdoaste todas; preciso, porém, ainda do teu perdão para uma falta mais grave do que essas, para um crime talvez!

— Dize-me: essa falta faz que não me ames? — perguntou a menina um pouco assustada.

— Ao contrário, faz que te ame ainda mais, se é possível! — exclamou o moço.

— Então não é uma falta — respondeu ela, sorrindo.

— Quando souberes! — murmurou o moço — talvez me acuses.

— Tu não pensas no que estás dizendo, Jorge! — replicou a moça sentida.

— Escuta: se eu te pedir uma coisa, não me negarás?

— Pede e verás.

— Quero que me perdoes essa falta que tu ignoras!

— Causa-te prazer isso?

— Como tu não fazes ideia! — disse o moço com um acento profundo.

— Pois bem; estás perdoado.

— Não; não há de ser assim; de joelhos a teus pés.

E o moço ajoelhou-se diante de sua mulher.

— Criança! — disse Carolina sorrindo.

— Agora dize que me perdoas!

— Perdoo-te e amo-te! — respondeu ela cingindo-lhe o pescoço com os braços e apertando a sua cabeça contra o seio.

Jorge ergueu-se calmo e sossegado; porém ainda mais pálido.

Carolina deixou-se cair sobre a conversadeira; suas pálpebras cerravam-se a seu pesar; pouco depois tinha adormecido.

O moço tomou-a nos braços e deitou-a sobre o leito, fechando as alvas cortinas; depois foi sentar-se na conversadeira, e colocou o seu relógio sobre uma banquinha de charão.

Assim, com a cabeça apoiada sobre a mão e os olhos fitos nas pequenas agulhas de aço que se moviam sobre o mostrador branco, passou duas horas.

Cada instante, cada oscilação, era um ano que fugia, um mundo de pensamentos que se abismava no passado.

Quando o ponteiro, devorando o último minuto, marcou quatro horas justas, ele ergueu-se.

Tirou do bolso uma carta volumosa e deitou-a sobre o consolo de mármore.

Abriu as cortinas do leito e contemplou Carolina, que dormia, sorrindo talvez à imagem dele, que em sonho lhe aparecia.

O moço inclinou-se e colheu com os lábios esse sorriso; era o seu beijo nupcial.

Tornou a fechar as cortinas e entrou na sala onde estivera a princípio; aí abriu uma janela e saltou no jardim.

Seguiu pela ladeira abaixo; a noite estava escura ainda; mas pouco faltava para amanhecer.

Debaixo da janela esclarecida do aposento de Carolina destacou-se um vulto que seguiu o moço a alguns passos de distância.

A pessoa, qualquer que ela fosse, não desejava ser conhecida; estava envolvida em uma capa escura, e tinha o maior cuidado em abafar o som de suas pisadas.

Jorge ganhou a Rua da Lapa, seguiu pelo Passeio Público, e dirigiu-se à Praia de Santa Luzia.

O dia vinha começando a raiar; e o moço, que temia ver esvaecerem-se as sombras da noite antes de ter chegado ao lugar para onde se dirigia, apressava o passo.

O vulto o acompanhava sempre a alguma distância, tendo o cuidado de caminhar do lado do morro, onde a escuridão era mais intensa.

Quando Jorge chegou ao lugar onde hoje se eleva o Hospital da Misericórdia, esse lindo edifício que o Rio de Janeiro deve a José Clemente Pereira, o horizonte se esclarecia com os primeiros clarões da alvorada.

Um espetáculo majestoso se apresentava diante de seus olhos; aos toques da luz do sol parecia que essa baía magnífica se elevava do seio da natureza com os seus rochedos de granito, as suas encostas graciosas, as suas águas límpidas e serenas.

O moço deu apenas um olhar a esse belo panorama e continuou o seu caminho.

O vulto que o seguia tinha desaparecido.

9

O Rio de Janeiro ainda se lembra da triste celebridade que, há dez anos, tinha adquirido o lugar onde está hoje construído o Hospital da Santa Casa.

Houve um período em que quase todas as manhãs os operários encontravam em algum barranco, ou entre os cômoros de pedra e de areia, o cadáver de um homem que acabara de pôr termo à sua existência.

Amantes infelizes, negociantes desgraçados, pais de família carregados de dívidas, homens ricos caídos na miséria, quase todos aí vinham, trazidos por um ímã irresistível, por uma fascinação diabólica.

As Obras da Misericórdia, como chamavam então esse lugar, tinham a mesma reputação que o Arco das Águas Livres, de Lisboa, e a Ponte Nova, de Paris.

Era o templo do suicídio, onde a fragilidade humana sacrificava em holocausto a esse ídolo sanguinário tantas vítimas arrancadas às suas famílias e aos seus amigos.[1]

Essa epidemia moral, que se agravava todos os dias, começava já a inquietar alguns espíritos refletidos, alguns homens pensadores, que viam com tristeza os progressos do mal.

Procurava-se debalde a causa daquela aberração fatal da natureza, e não era possível explicá-la.

Não tínhamos, como a Inglaterra, esse manto de chumbo, que pesa sobre a cabeça dos filhos da Grã-Bretanha; esse lençol de névoa e de vapores, que os envolve como uma mortalha.

Não tínhamos, como a Alemanha, o idealismo vago e fantástico, excitado pelas tradições da média idade, e, modernamente, pelo romance de Goethe[2], que tão poderosa influência exerceu nas imaginações jovens.

Ao contrário, o nosso céu, sempre azul, sorria àqueles que o contemplavam; a natureza brasileira, cheia de vigor e de seiva, cantava a todo o momento um hino sublime à vida e ao prazer.

O gênio brasileiro, vivo e alegre no meio dos vastos horizontes que o cercam, sente-se tão livre, tão grande, que não precisa elevar-se a essas regiões ideais em que se perde o espírito alemão.[3]

---

1 Observe a adjetivação pesada que Alencar emprega para ressaltar a tragédia do suicídio. É um recurso de linguagem típico do Romantismo.

2 Autor e filósofo alemão (1749-1832). O romance citado é *Werther* e fala sobre um jovem (Werther) que, desiludido pela frieza da amada, suicida-se. A publicação da obra, em 1774, desencadeou uma onda de suicídios entre os jovens europeus.

3 Alencar faz aqui uma distinção entre o caráter brasileiro e o europeu. Nesse sentido, valoriza nossa natureza, diferenciando-a da típica paisagem romântica europeia, cujos elementos predisporiam à melancolia.

Nada enfim explicava o fenômeno moral que se dava então na população dessa corte; mas todos o sentiam e alguns se impressionavam seriamente.

Era fácil, pois, naquela época, adivinhar o motivo que levava Jorge às quatro horas da manhã ao lugar onde se abriam os largos alicerces do grande Hospital de Santa Luzia.

O moço afastou-se da praia, e desapareceu por detrás de alguns montes de areia que se elevavam aqui e ali pelo campo.

Meia hora depois ouviram-se dois tiros de pistola; os trabalhadores, que vinham chegando para o serviço, correram ao lugar de onde partira o estrondo, e viram sobre a areia o corpo de um homem, cujo rosto tinha sido completamente desfigurado pela explosão da arma de fogo.

Um dos guardas meteu a mão no bolso da sobrecasaca, e achou uma carteira contendo algumas notas pequenas, e uma carta apenas dobrada, que ele abriu e leu:

Peço a quem achar o meu corpo o faça enterrar imediatamente, a fim de poupar à minha mulher e aos meus amigos esse horrível espetáculo. Para isso achará na minha carteira o dinheiro que possuo.

Jorge da Silva

5 de setembro de 1844

Uma hora depois a autoridade competente chegou ao lugar do suicídio, e, tomando conhecimento do fato, deu as providências para que se cumprisse a última vontade do finado.

O trabalho continuou entre as cantilenas monótonas dos pretos e dos serventes, como se nada de extraordinário se houvesse passado.

10

Cinco anos decorreram depois dos tristes acontecimentos que acabamos de narrar.

Estamos na Praça do Comércio.

Naquele tempo não havia, como hoje, corretores e zângãos, atravessadores, agiotas, vendedores de dividendos, roedores de cordas, emitidores de ações; todos esses tipos modernos, importados do estrangeiro e aperfeiçoados pelo talento natural.

Em compensação, porém, ali se faziam todas as transações avultadas; aí se tratavam todos os negócios importantes com uma lisura e uma boa-fé que se tornou proverbial à praça do Rio de Janeiro.

Eram três horas da tarde.

A praça ia fechar-se; os negócios do dia estavam concluídos; e dentro das colunas que formam a entrada do edifício, poucas pessoas ainda restavam.

Entre estas notava-se um negociante que passeava lentamente ao comprido do saguão e que por momentos chegava-se à calçada e lançava um olhar pela Rua Direita.

Era um moço que teria quando muito trinta anos, de alta estatura e de um porte elegante; à primeira vista parecia estrangeiro.

Tinha uma dessas feições graves e severas que impõem respeito e inspiram ao mesmo tempo a afeição e a simpatia. Sua barba, de um louro cinzento, cobria-lhe todo o rosto e disfarçava os seus traços distintos.

A fronte larga e reflexiva, um pouco curvada pelo hábito do trabalho e da meditação, e o seu olhar fixo e profundo, revelavam uma vontade calma, mas firme e tenaz.

A expressão de tristeza e ao mesmo tempo de resignação que respirava nessa fisionomia, devia traduzir a sua vida; ao menos fazia pressentir na sua existência o predomínio de uma necessidade imperiosa, de um dever, talvez de uma fatalidade.

Ninguém na praça conhecia esse moço, que aí aparecera havia pouco tempo; mas as suas maneiras eram tão finas, os seus negócios tão claros e sempre à vista, as suas transações tão lisas, que os negociantes nem lhe perguntavam o seu nome para aceitarem o objeto que ele lhes oferecia.

Todas as pessoas já tinham partido, e ficara apenas o moço, que sem dúvida esperava alguém; entretanto, ou porque ainda não tivesse chegado a hora aprazada, ou porque já estivesse habituado a constranger-se, não dava o menor sinal de impaciência.

Finalmente a pessoa esperada apontou na entrada da Rua do Sabão e aproximou-se rapidamente.

A senhora, que talvez tenha imaginado um personagem de grande importância, vai decerto sofrer uma decepção quando souber que o desconhecido era apenas um mocinho de dezenove para vinte anos.

Um observador ou um homem prático, o que vale a mesma coisa, reconheceria nele à primeira vista um desses *virtuosi* do comércio, como então havia muitos nesta boa cidade do Rio de Janeiro.

A classificação é nova, e precisa uma explicação.

A lei, a sociedade e a polícia estão no mau costume de exigir que cada homem tenha uma profissão; donde provém essa exigência absurda não sei eu, mas o fato é que ela existe, contra a opinião de muita gente.

Ora, não é uma coisa tão fácil, como supõe-se, o ter uma profissão. Apesar do novo progresso econômico da divisão do trabalho, que multiplicou infinitamente as indústrias, e por conseguinte as profissões, a questão ainda é bem difícil de resolver para aqueles que não querem trabalhar.

Ter uma profissão quando se trabalha, isso é simples e natural, mas ter uma profissão honesta e decente sem trabalhar, eis o sonho dourado de muita gente, eis o problema de Arquimedes para certos homens que seguem a religião do *dolce far niente*[1].

---

1 Expressão italiana que significa “vida mansa” ou “ficar na boa vida”.

O problema se resolveu simplesmente.

Há uma profissão cujo nome é tão vago, tão genérico que pode abranger tudo. Falo da profissão de negociante.

Quando um moço não quer abraçar alguma profissão trabalhosa, dize-se negociante, isto é, ocupado em tratar dos seus negócios.

Um maço de papéis na algibeira, meia hora de estação na Praça do Comércio, ar atarefado, são as condições do ofício.

Mediante essas condições o nosso homem é tido e havido como negociante; pode passear pela Rua do Ouvidor, apresentar-se nos salões e nos teatros.

Quando perguntarem quem é esse moço bem-vestido, elegante, de maneiras tão afáveis, responderão: "É um negociante".

Eis o que eu chamo *virtuosi* do comércio, isto é, homens que cultivam a indústria mercantil por curiosidade, por simples desfastio, para ter uma profissão.[1]

É tempo de voltar dessa longa digressão, que a senhora deve ter achado muito aborrecida.

O mocinho negociante, tendo chegado à Praça do Comércio, tomou o braço da pessoa que o esperava, dizendo-lhe:

— Está tudo arranjado.

— Seriamente? — exclamou o outro moço, cujos olhos brilharam de alegria.

— Pois duvidas!

— Então, amanhã...

— Ao meio-dia.

— Obrigado! — disse o moço, apertando a mão de seu companheiro com efusão.

— Obrigado, por quê? O que fiz vale a pena de agradecer? Ora, adeus!... Vem jantar comigo.

— Não, acompanho-te até lá; mas preciso estar às quatro horas em minha casa.

Os dois moços de braço dado dobraram o canto da Rua Direita.

11

Seguiram pela Rua do Ouvidor.

— Não sei que interesse — dizia o nosso negociante, continuando a conversa —, não sei que interesse tens tu, Carlos, em resgatares aquela letra!

— É uma especulação que algum dia te explicarei, Henrique, e na qual espero ganhar.

1 Repare na profunda ironia de Alencar em relação ao comportamento de alguns jovens. Muitos viajantes estrangeiros que estiveram no Brasil no século XIX criticaram o desprezo das elites nacionais pelo trabalho.

— É possível — respondeu o outro —, mas permitirás que duvide.

— Por quê?

— Ora, é boa! uma letra de um homem já falecido, de uma firma falida! Aposto que não sabias disso?!

— Não; não sabia! — disse Carlos sorrindo amargamente.

— Pois então deixa contar-te a história.

— Em outra ocasião.

— Por que não agora? Reduzo-te isso a duas palavras, visto que não estás disposto a escutar-me.

— Mas...

— Trata-se de um negociante rico, que faleceu, deixando ao filho coisa de trezentos contos de réis e algumas dívidas, na importância de um terço dessa quantia. O filho gastou o dinheiro, e deixou que protestassem as letras aceitas pelo pai, o qual, apesar de morto, foi declarado falido.

Enquanto seu companheiro falava, Carlos se tinha tornado lívido; conhecia-se que uma emoção poderosa o dominava, apesar do esforço de vontade com que procurava reprimi-la.

— E esse filho... o que fez? — perguntou com voz trêmula.

— O sujeito, depois de ter-se divertido à larga, quando se viu pobre e desonrado, enfastiou-se da vida, e fez viagem para o outro mundo.

— Suicidou-se!

— É verdade; mas o interessante foi que na véspera de sua morte se tinha casado com uma menina lindíssima.

— Conheces?

— Ora! quem não conhece a *Viuvinha* no Rio de Janeiro! É a moça mais linda, a mais espirituosa e a mais coquete dos nossos salões.

A conversa foi interrompida, os dois amigos caminharam por algum tempo sem trocar palavra.

Carlos ficara triste e pensativo; o seu rosto tinha nesse momento uma expressão de dor e resignação que revelava um sofrimento profundo, mas habitual.

Quanto ao seu companheiro, fumava o seu charuto, olhando para todas as vidraças de lojas por onde passava, e apreciando essa exposição constante de objetos de gosto, que já naquele tempo tornava a Rua do Ouvidor o passeio habitual dos curiosos.

De repente soltou uma exclamação, e apertou com força o braço de seu amigo.

— O que é? — perguntou este.

— Nada mais a propósito! Ainda há pouco falamos dela, e ei-la!

— Onde? — exclamou Carlos estremecendo.

— Não a viste entrar na loja do Wallerstein?

— Não; não vi ninguém.

— Pois verás.

Com efeito, uma moça vestida de preto, acompanhada por uma senhora já idosa, havia entrado na loja do Wallerstein.

A velha nada tinha de notável e que a distinguisse de uma outra qualquer velha; era uma boa senhora que fora jovem e bonita, e que não sabia o que fazer do tempo que outrora levava a enfeitar-se.[1]

A moça, porém, era um tipo de beleza e elegância. As linhas do seu rosto tinham uma pureza admirável.

Nos seus olhos negros e brilhantes radiava o espírito, esse espírito da mulher cheio de vivacidade e de malícia. Nos seus lábios mimosos brincava um sorriso divino e fascinador.

Os cabelos castanhos, de reflexos dourados, coroavam sua fronte como um diadema, do qual se escapavam dois anéis, que deslizavam pelo seu colo soberbo.

Trajava um vestido de cetim preto, simples e elegante; não tinha um ornato, nem uma flor, nem outro enfeite, que não fosse dessa cor triste, que ela parecia amar.

Essa extrema simplicidade era o maior realce da sua beleza deslumbrante. Uma joia, uma flor, um laço de fita, em vez de enfeitá-la, ocultariam uma das mil graças e mil perfeições que a natureza se esmerara em criar nela.

Os dois moços pararam à porta do Wallerstein; enquanto seu amigo olhava a moça com o desplante dos homens do tom, Carlos, através da vidraça, contemplava com um sentimento inexprimível aquela graciosa aparição.

Os caixeiros do Wallerstein desdobraram sobre o balcão todas as suas mais ricas e mais delicadas novidades, todas as invenções do luxo parisiense, verdadeiro demônio tentador das mulheres.

A cada um desses objetos de gosto, a cada uma das mimosas fantasias da moda, ela sorria com desdém e nem sequer as tocava com a sua alva mãozinha, delicada como a de uma menina.

As fascinações do luxo, as bonitas palavras dos caixeiros e as instâncias de sua mãe, tudo foi baldado. Ela recusou tudo, e contentou-se com um simples vestido preto e algumas rendas da mesma cor, como se estivesse de luto, ou se preparasse para as festas da Semana Santa.

— Assim, depois de cinco anos — disse-lhe sua mãe em voz baixa —, persistes em conservar esse luto constante.

A viuvinha sorriu.

— Não é luto, minha mãe: é gosto. Tenho paixão por essa cor; parece-me que ela veste melhor que as outras.

— Não digas isso, Carolina; pois o azul desta seda não te assenta perfeitamente?

---

1 Essa era a visão que um homem do século XIX tinha em relação à mulher: uma senhora idosa "não sabia o que fazer do tempo", já que agora não mais o usava para se enfeitar. A ociosidade das elites propiciava poucos papéis às mulheres.

— Já gostei do azul; hoje o aborreço! É uma cor sem significação, uma cor morta.

— E o preto?

— Oh! O preto é alegre!

— Alegre! — exclamou um caixeiro, admirado dessa opinião original em matéria de cor.

— Eu pelo menos o acho — replicou a moça, tomando de repente um ar sério —, é a cor que me sorri.

Essa conversa durou ainda alguns minutos.

Poucos instantes depois, as duas senhoras saíram e o carro que as esperava à porta desapareceu no fim da rua.

Carlos despediu-se do seu companheiro.

— Então amanhã sem falta!

— Ah! Ainda insistes no negócio?

— Mais do que nunca!

— Bem. Já que assim o queres...

— Posso contar contigo?

— Como sempre.

— Obrigado.

Henrique continuou a arruar[1], fazendo horas para o jantar.

Carlos dobrou a Rua dos Ourives e dirigiu-se à casa. Morava em um pequeno sótão de segundo andar no fim da Rua da Misericórdia.

12

A razão por que o moço, saindo da Rua Direita, dera uma grande volta para recolher-se não fora unicamente o desejo de acompanhar Henrique. Havia outro motivo mais sério.

Ele ocultava a sua morada a todos; o que aliás era-lhe fácil, porque depois de dois anos que estava no Rio de Janeiro não tinha amigos, e bem poucos eram os seus conhecidos.

Havia muito de inglês no seu trato. Quando fazia alguma transação ou discutia um negócio, era de extrema polidez. Concluída a operação, cortejava o negociante e não o conhecia mais. O homem tornava-se para ele uma obrigação, um título, uma letra de câmbio.

De todas as pessoas que diariamente encontrava na praça, Henrique era o único com quem entretinha relações, e essas mesmas não passavam de simples cortesia.

---

1 *Arruar* significa "passear pela cidade", "vadiar".

Entrando no seu aposento, Carlos fechou a porta de novo; e, sentando-se em um tamborete que havia perto da carteira, escondeu a fronte nas mãos com um gesto de desespero.

O aposento era de uma pobreza e nudez que pouco distava da miséria. Entre as quatro paredes que compreendiam o espaço de uma braça esclarecido por uma janela estreita, via-se a cama de lona pobremente vestida, uma mala de viagem, a carteira e o tamborete.

Nos umbrais da porta, dois ganchos que serviam de cabide. Na janela, cuja soleira fazia as vezes de lavatório, estavam o jarro e a bacia de louça branca, uma bilha d'água, e um copo com um ramo de flores murchas. Junto à cama, em uma cantoneira, um castiçal com uma vela e uma caixa de fósforos. Sobre a carteira, papéis e livros de escrituração mercantil.

Era toda a mobília.

Quando, passado um instante, o moço ergueu a cabeça, tinha o rosto banhado de lágrimas.

— Era um crime — murmurou ele —, mas era um grande alívio!... Coragem!

Enxugou as lágrimas, e, recobrando a calma, abriu a carteira e dispôs-se a trabalhar. Tirou do bolso um maço de títulos e bilhetes no valor de muitos contos de réis, contou-os e escondeu tudo em uma gaveta de segredo; depois tomou nos seus livros notas das transações efetuadas naquele dia.

Fora um dia feliz.

Tinha realizado um lucro líquido de 6:000$000[1]. Não havia engano; os algarismos ali estavam para demonstrá-lo. Os valores que guardava eram a prova.

Mas essa pobreza, essa miséria que o rodeava, e que revelavam uma existência penosa, falta de todos os cômodos, sujeita a duras necessidades?

Seria um avarento?...

Era um homem arrependido que cumpria a penitência do trabalho, depois de ter gasto o seu tempo e os seus haveres em loucuras e desvarios. Era um filho da riqueza, que, tendo esbanjado a sua fortuna, comprava, com sacrifício do seu bem-estar, o direito de poder realizar uma promessa sagrada.[2]

Se era avareza, pois, era a avareza sublime da honra e da probidade; era a abnegação nobre do presente para remir a culpa do passado. Haverá moralista, ainda o mais severo, que condene semelhante avareza? Haverá homem de coração, que não admire essa punição imposta pela consciência ao corpo rebelde e aos instintos materiais que arrastam ao vício?

---

1 Seis contos de réis. No século XIX e início do XX, a moeda brasileira era o mil-réis (escrevia-se 1:000$), o *conto* valia mil mil-réis e era grafado 1:000$000.

2 Com essa observação, Alencar praticamente revela a real identidade de Carlos. E assinala a mudança de comportamento de Jorge, justificando sua "penitência do trabalho".

Terminadas as suas notas, esse homem, que acabava de guardar uma soma avultada, que naquele mesmo dia tinha ganho 6:000$000 líquidos, abriu uma gaveta, tirou quatro moedas de cobre, meteu-as no bolso do colete e dispôs-se a sair.

Aquelas quatro moedas de cobre eram um segredo da expiação corajosa, da miséria voluntária a que se condenara um moço que sentia a sede do gozo e tinha ao alcance da mão com que satisfazer por um mês, talvez por um ano, todos os caprichos de sua imaginação.

Aquelas quatro moedas de cobre eram o preço do seu jantar; eram a taxa fixa e invariável da sua segunda refeição diária; eram a esmola que a sua razão atirava ao corpo para satisfação da necessidade indeclinável da alimentação.

Os ricos e mesmo os abastados vão admirar-se, por certo, de que um homem pudesse jantar no Rio de Janeiro, naquele tempo, com cento e sessenta réis, ainda quando esse homem fosse um escravo ou um mendigo. Mas eles ignoram, talvez, como a senhora, minha prima, a existência dessas tascas negras que se encontram em algumas ruas da cidade, e principalmente nos bairros da Prainha e Misericórdia.

Nojenta caricatura dos hotéis e das antigas estalagens, essas locandas descobriram o meio de preparar e vender comida pelo preço ínfimo que pode pagar a classe baixa.[1]

Quando Carlos chegou ao Rio de Janeiro, uma das coisas de que primeiro tratou de informar-se, foi do modo de subsistir o mais barato possível. Perguntou ao preto de ganho[2] que conduzira os seus trastes, quanto pagava para jantar. O preto despendia oitenta réis. O moço decidiu que não excederia do dobro. Era o mais que lhe permitia a diferença do homem livre ao escravo.

Talvez ache a coragem desse moço inverossímil, minha prima. É possível. Compreende-se e admira-se o valor do soldado; mas esse heroísmo inglório, esse martírio obscuro, parece exceder as forças do homem.

Mas eu não escrevo romance, conto-lhe uma história. A verdade dispensa a verossimilhança.

Acompanhemos Carlos, que desce a escada íngreme do sobrado e ganha a rua em busca da tasca onde costuma jantar.

Passando diante de uma porta, um mendigo cego dirigiu-lhe essa cantilena fanhosa que se ouve à noite no saguão e vizinhança dos teatros. O moço examinou o mendigo, e, reconhecendo que era realmente cego e incapaz de trabalhar, tirou do bolso uma das moedas de cobre e entrou em uma venda para trocá-la.

---

1 A cidade do Rio de Janeiro oferece um pano de fundo marcante neste romance urbano. Entretanto, como os leitores da época eram basicamente da elite, é provável que desconhecessem os lugares miseráveis.

2 *Preto de ganho* era o escravo colocado por seu patrão a serviço de outras pessoas. O ganho do dia, claro, ficava com o dono do escravo.

O caixeiro da taverna sorriu-se com desdém desse homem que trocava uma moeda de quarenta réis, e atirou-lhe com arrogância o troco sobre o balcão. O pobre, reconhecendo que a esmola era de um vintém, guardou a sua ladainha de agradecimentos para uma caridade mais generosa.

Entretanto, o caixeiro ignorava que aquela mão, que agora trocava uma moeda de cobre para dar uma esmola, já atirara loucamente pela janela montões de ouro e de bilhetes do tesouro. O pobre não sabia que essa ridícula quantia que recebia era uma parte do jantar daquele que a dava, e que nesse dia talvez o mendigo tivesse melhor refeição do que o homem a quem pedira a esmola.

O moço recebeu a afronta do caixeiro e a ingratidão do pobre com resignação evangélica, e continuou o seu caminho.[1] Seguiu por um desses becos escuros que da Rua da Misericórdia se dirigem para as bandas do mar, cortando um dédalo de ruelas e travessas.

No meio desse beco via-se uma casa com uma janela muito larga e uma porta muito estreita.

A vidraça inferior estava pintada de uma cor que outrora fora branca, e que se tornara acafelada. A vidraça superior servia de tabuleta. Liam-se em grossas letras, por baixo de um borrão de tinta informe e com pretensões a representar uma ave, estas palavras: "Ao Garnizé".

O moço lançou um olhar à direita e à esquerda sobre os passantes, e, vendo que ninguém se ocupava com ele, entrou furtivamente na tasca.

13

O interior do edifício correspondia dignamente à sua aparência.

A sala, se assim se pode chamar um espaço fechado entre quatro paredes negras, estava ocupada por algumas velhas mesas de pinho.

Cerca de oito ou dez pessoas enchiam o pequeno aposento: eram pela maior parte marujos, soldados ou carroceiros que jantavam.

Alguns tomavam a sua refeição agrupados aos dois e três sobre as mesas; outros comiam mesmo de pé, ou fumavam e conversavam em um tom que faria corar o próprio Santo Agostinho antes da confissão.[2]

Uma atmosfera espessa, impregnada de vapores alcoólicos e fumo de cigarro, pesava sobre essas cabeças, dava àqueles rostos um aspecto sinistro.

---

1 Note a postura do rapaz, sua extrema resignação. É o tipo de atitude que reforça o caráter de exceção do herói romântico.

2 Santo Agostinho levou vida pecaminosa antes de se converter. A frase dá uma ideia da conversa pesada e vulgar dos frequentadores do local.

A luz que coava pelos vidros embaciados da janela, mal esclarecia o aposento, e apenas servia para mostrar a falta de asseio e de ordem que reinava nesse couto do vício e da miséria.

No fundo, pela fresta de uma porta mal cerrada, aparecia de vez em quando a cabeça de uma mulher de cinquenta anos, que interrogava com os olhos os fregueses, e ouvia o que eles pediam.

Era a dona, a servente e ao mesmo tempo cozinheira dessa tasca imunda.

A cada pedido, a cabeça, coberta com uma espécie de turbante feito de um lenço de tabaco, retirava-se, e daí a pouco aparecia um braço descarnado, que estendia ao freguês algum prato de louça azul cheio de comida, ou alguma garrafa de infusão de campeche com o nome de vinho.

Foi nessa sala que entrou Carlos.

Mas não entrou só; porque, no momento em que ia transpor a soleira, um homem, que havia mais de meia hora passeava na calçada defronte da tasca, adiantou-se e deitou a mão sobre o ombro do moço.

Carlos voltou-se admirado dessa liberdade; e ainda mais admirado ficou, reconhecendo na pessoa que o tratava com tanta familiaridade o nosso antigo conhecido, o Sr. Almeida.

O velho negociante não tinha mudado; conservava ainda a força e o vigor que apesar da idade animava o seu corpo seco e magro; no gesto a mesma agilidade; no olhar o mesmo brilho; na cabeça encanecida o mesmo porte firme e direito.

— Está espantado de ver-me aqui? — disse o Sr. Almeida sorrindo.

— Confesso que não esperava — respondeu o moço, confuso e perturbado.

— O mal pode ocultar-se; o bem se revela sempre — acrescentou o velho em tom sentencioso.

— Que quer dizer?

— Entremos.

— Para quê?

— O senhor não ia entrar?

Carlos recuou insensivelmente da porta, e, querendo esconder do velho negociante o seu nobre sacrifício, fez um esforço, e balbuciou uma mentira:

— Passava... por acaso... Vou ao Largo do Moura...

O Sr. Almeida fitou os seus olhos pequenos, mas vivos, no rosto do moço, que não pôde deixar de corar; e, apertando-lhe a mão com uma expressão significativa, disse-lhe:

— Sei tudo!

— Como? — perguntou Carlos admirado ao último ponto.

— É aqui que costuma jantar. E por isso adivinho qual tem sido a sua existência durante esses cinco anos. Impôs-se a si mesmo o castigo da sua antiga prodigalidade; puniu o luxo de outrora com a miséria de hoje. É nobre, mas é exagerado.

— Não, senhor; é justo. O que possuo atualmente, o que adquiro com meu trabalho, não me pertence; é um depósito que Deus me confia, e que deve servir não só para pagar as dívidas de meu pai, como também a dívida sagrada que contraí para com uma moça inocente. Gastar esse dinheiro seria roubar, Sr. Almeida.

— Bem; não argumentemos sobre isso; não se discute um generoso sacrifício: admira-se. Venha jantar comigo.

— Não posso — respondeu o moço.

— Por quê?

— Não aceito um favor que não posso retribuir.

— Quem faz o favor é aquele que aceita e não o que oferece. Demais, eu pobre, nunca me envergonhei de sentar-me à mesa de seu pai rico — acrescentou o velho com severidade.

— Desculpe!

O velho tomou o braço de Carlos, e dirigiu-se com ele ao Hotel Pharoux, que naquele tempo era um dos melhores que havia no Rio de Janeiro; ainda não estava transformado em uma casa de banhos e um ninho de dançarinas.

Poucos instantes depois estavam os dois companheiros sentados a uma das mesas do salão; e o Sr. Almeida, com um movimento muito pronunciado de impaciência, instava para que o moço concordasse na escolha do jantar que ele havia feito à vista da data.

Carlos recusava com excessiva polidez os pratos esquisitos que o velho lembrava, e a todas as suas instâncias respondia sorrindo:

— Não quero adquirir maus hábitos, Sr. Almeida.

O velho reconheceu que era inútil insistir.

— Então o que quer jantar?

Carlos escolheu dois pratos.[1]

— Somente?

— Somente.

— Não me meto mais a teimar com o senhor — respondeu o velho —, olhando de encontro à luz o rubi líquido de um cálice de excelente vinho do Porto.

Serviu-se o jantar.

O Sr. Almeida comeu com a consciência de um homem que paga bem e que não lastima o dinheiro gasto nos objetos necessários à vida. Satisfez o estômago e deixou apenas esse pequeno vácuo, tão difícil de encher, porque só admite a flor de um manjar saboroso ou de uma iguaria delicada.

Então, bebendo o seu último cálice de vinho do Porto, passando na boca as pontas do guardanapo, cruzou os braços sobre a mesa com ar de quem se dispunha a conversar.

— Pode acender o seu charuto, não faça cerimônia.

---

1 Os hábitos alimentares das elites na época eram pródigos, e cada refeição compunha-se de inúmeros pratos. O fato de o rapaz pedir apenas dois pratos acentua sua penitência.

— Já não fumo — respondeu Carlos simplesmente.

— O senhor já não é o mesmo homem. Não come, não bebe, não fuma; parece um velho da minha idade.

— Há uma coisa que envelhece mais do que a idade, Sr. Almeida: é a desgraça. E, além disso, o senhor tem razão; não sou, nem posso ser o mesmo homem; já morri uma vez — acrescentou em voz baixa.

— Mas há de ressuscitar.

— É uma esperança que me alimenta.

— E como vai esse negócio? — perguntou o velho com interesse.

— Tem-me custado recolher as letras de meu pai; já paguei sessenta mil-réis, e amanhã devo pagar cinco mil-réis; seis letras que me faltam não sei onde se acham. Se eu pudesse anunciar... Mas, na minha posição, receio comprometer-me.

— Pensou bem. Porém só restam por pagar essas seis letras?

— Unicamente.

— Quer saber então onde elas estão?

— É o maior favor que me pode fazer.

— Com uma condição.

— Qual?

— Que há de ouvir-me como se fosse seu pai quem lhe falasse — disse o velho estendendo a mão.

Por toda a resposta, o moço apertou, com efusão e reconhecimento, a mão leal do honrado negociante.

— Essa seis letras — disse o Sr. Almeida — estão em meu poder.

— Ah!

— Lembra-se do que lhe disse, há cinco anos, na véspera do seu casamento?

— Lembro-me de tudo.

— Era minha intenção salvar a firma de meu melhor amigo... de seu pai. Mas a sua morte suposta impossibilitou-me. O passivo da casa excedia as minhas forças. Os credores reuniram-se e resolveram fazer declarar a falência.

— De um homem morto.

— É verdade. Não o pude evitar. O mais que consegui foi abafar esse negócio, comprando a alguns credores mais insofridos as suas dívidas. Eis como essas letras vieram parar à minha mão.

— Obrigado, Sr. Almeida — disse o moço comovido —, ainda lhe devo mais esse sacrifício.

— Está enganado — respondeu o velho, querendo dar à sua voz a aspereza habitual. — Não fiz sacrifício; fiz um bom negócio; comprei as letras com um rebate de cinquenta por cento, ganho o dobro.

— Mas quando as comprou não tinha esperança de ser pago.

— Tinha confiança na sua honra e na sua coragem.

— E se eu não voltasse?

— Era uma transação malograda; a fortuna do negociante está sujeita a esses riscos.

— Felizmente Deus ajudou-me e quis que um dia pudesse agradecer-lhe, sem corar, esse benefício. O que tinha sido da sua parte uma dádiva generosa, tornou-se um empréstimo que devo pagar-lhe hoje mesmo.

— Não consinto; prometeu-me ouvir como a seu pai; eis o que ele lhe ordena pela minha voz: "Todas as suas dívidas acham-se pagas; a sua honra está salva; é tempo de voltar ao mundo".

— Mas as seis letras que estão em sua mão? — interrompeu o moço.

— Aqui as tem — disse o Sr. Almeida, entregando-lhe um pequeno maço.

— Devo-lhe então...

— Deve o que dei por elas; e me pagará quando lhe for possível.

— Não sei quanto lhe custaram esses títulos; sei que eles representam um valor emprestado a meu pai. O senhor podia perder; é justo que lucre.

— Bem; faça o que quiser.

— Quanto ao pagamento, posso realizá-lo imediatamente; já o teria feito se há mais tempo soubesse que esses títulos lhe pertenciam.

— Eu ocultei-os de propósito. Quando chegou dos Estados Unidos e me comunicou o que tinha feito e o que pretendia fazer, resolvi, para facilitar-lhe o cumprimento de seu dever, deixar que o senhor pagasse primeiro os estranhos.

— Agora, porém, essa dificuldade desapareceu; vamos à minha casa.

— Para quê?

— Para receber o que lhe devo.

— Não tratemos disso agora.

— Escute, Sr. Almeida; depois de cinco anos de provanças e misérias, não sei o que Deus me reserva. Mas, se ainda há neste mundo felicidade para mim, antes de aceitá-la é preciso que eu tenha reparado todos os meus erros; é preciso que eu me sinta purificado pela desgraça. Uma dívida, embora o credor seja um amigo, se tornaria um remorso. Tenho dinheiro suficiente para pagá-la.

— E que lhe restará?

— Um nome honrado, e a esperança.

O Sr. Almeida resignou-se e acompanhou Carlos até a sua casa.

Aí, o moço abriu a carteira, e, tirando os valores que há pouco havia guardado, entregou ao negociante a quantia de trinta mil-réis representada pelo algarismo das seis letras.

— Já lhe disse que só me deve quinze mil-réis — disse o velho —, recusando receber.

— Devo-lhe o valor integral destes títulos; se a firma de meu pai não inspirou confiança aos outros, para seu filho ela não sofre desconto.

Enquanto o Sr. Almeida, mordendo os beiços, guardava as notas do banco e os bilhetes do tesouro, Carlos abria uma pequena carteira preta, e, depois de beijar a firma de seu pai escrita no aceite, fechou com as outras essas últimas letras que acabava de pagar.

— Aqui está a minha fortuna — disse sorrindo com altivez.[1]

— Tem razão — respondeu o velho —, porque aí está o mais nobre exemplo de honestidade.

— E também o mais belo testemunho de uma verdadeira amizade.

— Jorge!... — exclamou o negociante, comovendo-se.

Alguns instantes depois, o Sr. Almeida despediu-se do moço.

— Escuso recomendar-lhe uma coisa — disse Jorge ao negociante.

— O quê?

— A continuação do segredo. Nem uma palavra!... Quando for tempo, eu mesmo o revelarei. Ainda não sou Jorge.

— Que falta?

— Depois lhe direi.

E separaram-se.

14

As últimas palavras do velho negociante esclareceram um mistério que já se achava quase desvanecido.

Jorge era o verdadeiro nome desse moço que morrera para o mundo, e que durante cinco anos vivera como um estranho sem família, sem parentes, sem amigos, ou como uma sombra errante condenada à expiação das suas faltas.

A página em que eu devia ter escrito as circunstâncias desse fato ficou em branco, minha prima; agora, porém, podemos lê-la claramente no espírito de Jorge, que, sentado à sua carteira, triste e pensativo, repassa na memória esses anos de sua vida, desde a noite do seu casamento.[2]

---

1 Novamente se apresenta o caráter de exceção do personagem: o dinheiro só lhe tem valia como forma de restituição do bom nome do pai. Sua “fortuna” é a sua honra; essa idealização da personagem é recurso típico do Romantismo.

2 Atente para a estrutura do romance: praticamente o leitor já tem conhecimento de que Carlos é Jorge; ficou sabendo que o rapaz, depois de grandes sacrifícios, pôde resgatar o nome do pai. Agora, a narrativa volta ao passado, retomando as ações do dia do suicídio.

Acompanhando o moço no seu sinistro passeio às obras da Santa Casa de Misericórdia, o vimos sumir-se por entre os cômodos de areia que se elevavam por toda essa vasta quadra em que está hoje assentado o Hospital de Santa Luzia.

O vulto que o seguia de perto, embuçado em uma capa e tomando todas as precauções para não ser conhecido, nem pressentido pelo moço, desapareceu como ele nas escavações do terreno.

Jorge, como todo o homem que depois de longa reflexão toma uma resolução firme e inabalável, estava ansioso por chegar à peripécia desse drama terrível; por isso parou no primeiro lugar que lhe pareceu favorável ao seu desígnio.

Mas um espetáculo ainda mais horrível do que o seu pensamento apresentou-se a seus olhos; viu a realização dessa ideia louca que desde a véspera dominava o seu espírito.

Um infeliz, levado pela mesma vertigem, o tinha precedido; seu corpo jazia sobre a areia na mesma posição em que o surpreendera a morte instantânea, meio recostado sobre o declive do terreno.

A cabeça era uma coisa informe; o tiro fora carregado com água para tornar a explosão surda e mais violenta; as feições haviam desaparecido, e não deixavam reconhecer o desgraçado.

Naturalmente quis ocultar a sua morte, para poupar a sua família o escândalo e a impressão dolorosa que sempre deixam esses atos de desespero.

Aquele espetáculo horrorizou o moço; em face da realidade seu espírito recuou; houve mesmo um instante em que espantou-se da sua loucura; e voltou o rosto para não ver esse cadáver, que parecia escarnecer dele.

Mas a lembrança do que o esperava, se voltasse, triunfou; julgou-se irremissivelmente condenado; e chamou covardia o grito extremo da razão que sucumbia.

Tirou as suas pistolas, e armou-as sorrindo tristemente; depois ajoelhou e começou uma prece.

Desvario incompreensível da criatura, que ofendendo a Deus ora a esse mesmo Deus! Demência extravagante do homem que pede perdão para o crime que vai cometer!

Quando o moço, terminada a sua prece, erguia as duas pistolas e ia aplicar os lábios à boca da arma assassina, o vulto que o tinha acompanhado, e que se achava nesse momento de pé, atrás dele, com um movimento rápido paralisou-lhe os braços.

Jorge ergueu-se precipitadamente, e achou-se em face do homem que se opusera à sua vontade de uma maneira tão brusca.

Era o Sr. Almeida.

O velho, com a sua perspicácia e com os exemplos de tantos fatos semelhantes, em uma época em que dominava a vertigem do suicídio, adivinhara as intenções do moço.

Aquela pronta resignação, aquela espécie de contradição entre os nobres sentimentos de Jorge e a calma que ele afetava, deram-lhe uma quase certeza do que ele planejava.

Não quis interrogá-lo, convencido que lhe negaria. Resolveu espiá-lo durante aquela noite, até que pudesse avisar a Carolina do que se passava, a fim de que ela defendesse pelo amor uma vida ameaçada por loucos prejuízos.

Sua expectativa realizou-se; recostado no muro da chácara que ficava fronteira às janelas do quarto da noiva, acompanhou por entre as cortinas toda a cena noturna que descrevi; conheceu a agitação do moço, viu-o deitar algumas gotas de ópio no cálice de licor que deu à sua mulher; não perdeu nem um incidente, por menor que fosse.

Um instante, enquanto o moço meditava, com os olhos no mostrador do seu relógio, o Sr. Almeida receou que ele não quisesse fazer do quarto da noiva um aposento mortuário; mas respirou quando o viu saltar na rua.

Seguiu-o e, pela direção, adivinhou o desenlace da cena de que fora espectador; preparou-se, pois, para representar também o seu papel; e por isso achava-se em face de Jorge no momento supremo em que a sua intervenção se tornara necessária.

O primeiro sentimento que se apoderou do moço, vendo o Sr. Almeida, foi o do pejo; teve vergonha do que praticava, e pareceu-lhe fraqueza aquilo que há pouco julgava um ato de heroísmo.

Logo depois o despeito e o orgulho sufocaram esse bom impulso.

— Que veio fazer aqui? — perguntou com arrogância.

— Evitar um crime — respondeu o velho com severidade.

— Enganou-se — disse Jorge secamente.

— Não me enganei, porque estou certo de que não há homem que depois de escutar a razão cometa semelhante loucura. Qual é o benefício que lhe pode dar a morte?

— Salvar-me da desonra.

— Uma desonra não lava outra desonra. O homem que atenta contra sua vida é fraco e covarde...

— Sr. Almeida!

— É cobarde, sim! Porque a verdadeira coragem não sucumbe com um revés; ao contrário luta, e acaba por vencer. Matando-se, o senhor rouba os seus credores, porque tira-lhes a última garantia que eles ainda possuem, a vida de um homem.[1]

— E que vale esta vida?

— Vale o trabalho.

— E o sofrimento!

---

1 Repare no argumento usado pelo Sr. Almeida, de ordem eminentemente prática: se o endividado cometer suicídio, prejudicará seus credores. Dinheiro e honra são elementos fortes neste romance.

— É verdade; mas não temos direito de sacrificar a um pensamento egoísta aquilo que nos pertence. Se a sua existência está condenada ao sofrimento, deve aceitar essa punição que Deus lhe impõe, e não revoltar-se contra ela.

Jorge abaixou a cabeça; não sabia o que responder àquela lógica inflexível.

— Escute — disse o velho, depois de um momento de reflexão —, o que teme o senhor dessa desonra que vai recair sobre a sua vida? Teme ver-se condenado a sofrer o desprezo do mundo, a sentir o escárnio e o insulto sem poder erguer a fronte e repeli-lo; teme enfim que a sua existência se torne um suplício de vergonha, de remorso e de humilhação! Não é isso?!

— Sim! — balbuciou o moço.

— Pois não é preciso cometer um crime para livrar-se dessa tortura; morra para o mundo, para todos, porém viva para Deus, e para salvar a sua honra e expiar o seu passado.

— Que quer dizer? — perguntou o moço admirado.

— Ali está o corpo de um infeliz; é um cadáver sem nome, sem sinais que digam o que ele foi; deite sobre ele uma carta, desapareça, e daqui a uma hora o senhor terá deixado de existir.

— E depois?

— Depois, como um desconhecido, como um estranho que entra no mundo tendo a lição da experiência e a alma provada pela desgraça, procure remir as suas culpas. Um dia talvez possa reviver e encontrar a felicidade.

Jorge refletiu:

— Tem razão — disse ele.

Pouco depois ouviram-se dois tiros; os trabalhadores das obras que iam chegando encontraram um cadáver mutilado e a carta de Jorge; ao mesmo tempo o moço e o Sr. Almeida ganhavam pelo lado oposto a Praia de Santa Luzia.

Passava um bote a pouca distância de terra; o velho acenou-lhe que se aproximasse.

— O acaso nos favorece — disse ao moço —; sai amanhã para os Estados Unidos um navio que me foi consignado; é melhor embarcar agora, para não excitar desconfianças; hoje mesmo lhe tirarei um passaporte.

O bote aproximou-se; o embarque nessas paragens é incômodo; mas a situação não admitia que se atendesse a isso.

Eram nove horas quando o Sr. Almeida, tendo deixado Jorge na barca americana e tendo tomado um carro na primeira cocheira, chegou à casa de D. Maria.

A boa senhora recebeu-o com um sorriso; estava sentada na sala próxima ao quarto de sua filha, e esperava tranquilamente que seus filhos acordassem.

O velho, vendo aquela serena felicidade, hesitou; não teve ânimo de enlutar esse coração de mãe.

Nisso a porta do quarto abriu-se, e Carolina, branca como a cambraia que vestia, apareceu na porta, tendo na mão a carta de Jorge.

A mãe soltou um grito; a filha não podia falar; e assim passou um momento de tortura, em que uma dessas dores procurava debalde adivinhar a desgraça, e a outra se esforçava por achar uma palavra que a revelasse.

No dia seguinte Jorge partia para os Estados Unidos, e Carolina trocava suas vestes de noiva por esse vestido preto que nunca mais deixou.

Seria longo descrever a vida desse moço, morto para o mundo e existindo contudo para sofrer; durante cinco anos alimentou-se de recordações e de uma esperança que lhe dava forças e coragem para lutar.

O amor de Carolina, talvez mais do que o sentimento da honra, o animava; trabalhou com uma constância e um ardor infatigáveis, e ganhou para pagar todas as dívidas de seu pai.

Logo que se achou possuidor de uma soma avultada, Jorge preferiu vir acabar a sua expiação no seu país, onde ao menos se sentiria perto daqueles que amava.

De fato chegou ao Rio de Janeiro com o nome de Carlos Freeland; dava-se por estrangeiro; alguns, porém, julgavam que nascera no Brasil e que aí vivera muito tempo, mas não se recordavam de o ter visto.

A desgraça tinha mudado completamente a sua fisionomia; do moço tinha feito um homem grave; além disso, a barba crescida ocultava a beleza dos seus traços.

O seu primeiro cuidado foi procurar o Sr. Almeida e pedir-lhe que o auxiliasse no resgate das letras, que devia ser feito de modo que ninguém o suspeitasse. O que fez o velho negociante, já o sabe.

Como disse, Jorge ocultava sua vida de todos e do próprio velho; sofria corajosamente a miséria a que se condenara, mas não queria que ela tivesse uma testemunha.

O Sr. Almeida, porém, surpreendera o segredo.

15

Vou levá-la, D..., à mesma casinha do Morro de Santa Teresa onde começou esta pequena história.

São dez horas da noite. Penetremos no interior.

D. Maria acabava de recolher-se, depois de ter beijado sua filha; toda a casa estava em silêncio; apenas havia luz no aposento de Carolina.

Esse aposento era a mesma câmara nupcial, onde cinco anos antes aquela inocente menina adormecera noiva para acordar viúva, no dia seguinte ao do seu casamento.

Nada aí tinha mudado, a não ser o coração humano.

Cinco anos que passaram por esse berço de amor, transformado de repente em um retiro de saudade, não haviam alterado nem sequer a colocação de um traste ou a cor de um ornato da sala.

Apenas o tempo empalidecera as decorações, roubando-lhes a pureza e o brilho das coisas novas e virgens; e a desgraça enlutara a rola, que se carpia viúva no seu ninho solitário.

Carolina estava sentada na conversadeira onde na primeira e última noite de seu casamento recebera seu marido, quando este, trêmulo e pálido, se animara a transpor o limiar desse aposento, sagrado para ele como um templo.

Justamente naquele momento, esse quadro se retraçava na memória da menina com uma força de reminiscência tal que fazia reviver o passado. O seu espírito, depois de saturar-se do amargo dessas recordações, desfiava rapidamente a teia de sua existência desde aquela época.

Quer saber naturalmente o segredo dessa vida, não é, minha prima?

Aqui o tem.

Nos primeiros dias que seguiram-se à catástrofe, Carolina ficou sepultada nessa letargia da dor, espécie de idiotismo pungente, em que sofre-se, mas sem consciência do sofrimento.

D. Maria e o Sr. Almeida, que a desgraça tinha feito amigo dedicado da família, tentaram debalde arrancar a moça a esse torpor e sonolência moral. O golpe fora terrível; aquela alma inocente e virgem, bafejada pela felicidade, sentira tão forte comoção que perdera a sensibilidade.

O tempo dissipou esse letargo. A consciência acordou e mediu todo o alcance da perda irreparável. Sentiu então a dor em toda a sua plenitude, e à profunda apatia sucedeu uma irritação violenta. O desespero penetrou muitas vezes e assolou esse coração jovem.

Mas a dor, a enfermidade da alma, como a febre, a enfermidade do corpo, quando não mata nos seus acessos, acalma-se. O sofrimento em Carolina, depois de a ter torturado muito, passou do estado agudo ao estado crônico.

Vieram então as lágrimas, as tristes e longas meditações, em que o espírito evoca uma e mil vezes a lembrança da desgraça, como uma tenta que mede a profundeza da chaga, em que se acha um prazer acerbo no magoar das feridas que se abrem de novo.

A pouco e pouco o que havia de amargo nessas recordações se foi adoçando: as lágrimas correram mais suaves; o seio, que o soluço arquejava, arfou brandamente a suspirar. E, como no céu pardo de uma noite escura surge uma estrela que doura o azul, a saudade nasceu n'alma de Carolina e derramou a sua doce luz sobre aquela tristeza.

Tinha decorrido um ano.

Começou a viver dentro do seu coração, com as reminiscências do seu amor, como uma sombra que sentava-se a seu lado, que murmurava-lhe ao ouvido palavras sempre repetidas e sempre novas. Sonhava no passado; diferente nisso das outras moças, que sonham no futuro.

Mas um coração de quinze anos é um tirano a que não há resistir; e Carolina não contara com ele.

Quando uma planta delicada nasce entre a sarça, muitas vezes o fogo queima-lhe a rama e o hastil; ela desaparece, mas não morre, que a raiz vive na terra; e às primeiras águas brota e pulula com toda a força de vegetação que incubara no tempo de sua mutilação.

O coração de Carolina fez como a planta. Apenas aberto, a desgraça o cerrara; mas veio a calma, e ele tornou-se a abrir. A princípio bastou-lhe a saudade para enchê-lo; depois desejou mais, desejou tudo. Tinha sede de amor; e não se ama uma sombra.

O mundo ao longe corria às vezes o pano a uma das suas brilhantes cenas e mostrava à menina refugiada no seu retiro e na sua saudade a auréola que cinge a fronte das mulheres belas; auréola que aos outros parece brilho de luz, mas que realmente é, para aquelas que a trazem, chama de fogo.

Carolina resistia envolvendo-se na branca mortalha de seu primeiro amor; mas a tela fez-se transparente, e não lhe ocultou mais o que ela não queria ver. Sentiu-se arrastar e teve medo.

Teve medo de esquecer.

Não descreverei, minha prima, a luta prolongada e tenaz que travaram n'alma dessa menina a saudade e a imaginação. A senhora, se algum dia amou, deve compreender a luta e o resultado dela. O mundo venceu. Carolina tinha quinze anos, e não havia libado do amor senão perfumes.

Mas, ainda vencida, ela defendeu contra a sociedade as suas recordações, que se tornaram então um culto do passado. Entrou nos salões, porém com esse vestido preto, que devia lembrar-lhe a todo o momento a fatalidade que pesara sobre a sua existência.

Excitou a admiração geral pela sua beleza. Não houve talento, posição e riqueza que se não rojasse a seus pés. Sabiam vagamente a sua história; suspeitavam a virgindade sob aquela viuvez, e se lhe dava um toque de romantismo que inflamava a imaginação dos moços à moda.

Chamavam-na a *Viuvinha*.

A senhora deve tê-la encontrado muitas vezes, minha prima, no tempo em que começou a frequentar a sociedade. Estava ela então no brilho de sua beleza. Na menina gentil e graciosa encarnara a natureza a mulher com todo o luxo das formas elegantes, com toda a pureza das linhas harmoniosas.

A influência que o vestido preto devia exercer sobre essa organização ardente revelou-se logo. O vestido preto era o símbolo de uma decepção cruel; era a cinza de seu primeiro amor; era uma relíquia sagrada que respeitaria sempre. Enquanto ele a cobrisse parecia-lhe que nenhuma afeição penetraria o seu coração e iria profanar o santo culto que votava à imagem de seu marido.[1]

Era uma superstição; mas que alma não as tem quando a crença ainda não a abandonou de todo!

Assim, Carolina tornou-se *coquette*; ouvia todos os protestos de amor, mas para zombar deles; o seu espírito se interessava nessa comédia inocente de sala; a sua malícia representava um papel engenhoso; mas o coração foi mudo espectador.

Era quando voltava do baile, à noite, na solidão do seu quarto, que o coração vivia ainda no passado, no meio das tristes recordações que despertavam quando o mundo dormia. Ali tudo retraçava a noite fatal; só havia de mais o luto, e de menos um vulto de homem, porque a sua imagem, ela a tinha nos olhos e n'alma.

Dizem que não se pode brincar com o fogo sem queimar-se. O amor é um fogo também, e Carolina, que brincava com ele, zombando dos seus protestos, acabou por crer.

Ela se tinha preparado para combater o amor brilhante, ruidoso, fascinador, dos salões; mas não se lembrou que ele podia vir, modesto, obscuro e misterioso, enlear-se às cismas melancólicas de sua solidão.

Essa parte da vida de Carolina é um romance.

Havia dezoito meses que, um dia, sua vista, ao acordar, fitou-se na janela que a mucama acabava de abrir para despertá-la. Há um prazer indizível em embeberem-se os olhos na luz de que durante uma noite estiveram privados.

Carolina gozava desse prazer, que faz-nos parecer tudo novo e mais belo do que na véspera, quando descobriu entre o vidro da janela um papel dobrado como uma sobrecarta elegante. A curiosidade obrigou-a a erguer-se, levantar a vidraça e tirar o objeto que lhe despertara a atenção.

Era realmente uma sobrecarta, fechada com este endereço: *A ela*.

Não creio que haja mulher no mundo que não abrisse aquela sobrecarta misteriosa. Carolina hesitou dez minutos, no que mostrou uma força de vontade admirável, porque outras no seu lugar a abririam no fim de dez segundos.[2]

---

1 Observe a importância do luto para a personagem. Depois de forte resistência, Carolina volta a frequentar a sociedade, porém usa seu vestido preto como um escudo. Isso a impede de corresponder a qualquer um dos rapazes que a cortejam.

2 A característica romântica da personagem está bem definida nesse trecho. Em outras palavras, o Romantismo engrandece personagens cuja honra e valores são sobre-humanos.

Não havia dentro nem carta, nem bilhete, nem uma frase, nem uma palavra; mas uma flor só, uma saudade.

Esse pequeno acontecimento ocupou mais o espírito da moça do que os bailes, os teatros e os divertimentos que frequentava. Pensou no enigma esse dia e os seguintes, porque todas as manhãs achava a mesma carta sem palavras e a mesma flor.

Quando isso tomou ares de uma perseguição amorosa, a moça revoltou-se e deixou de tirar as cartas, que ficaram no mesmo lugar onde as tinham posto. Parecia que o autor dessa correspondência ou não se importava com a indiferença que lhe mostrava Carolina ou contava vencê-la à força de constância.

Uma vez, Carolina, não sei como, teve uma ideia extravagante: começou a sonhar acordada, e, como não há loucura que não roce as asas pelo delírio da imaginação, acabou por ver naquela flor misteriosa uma saudade que lhe enviava de além-túmulo aquele que a amara.

Abraçado assim o romance da flor com o culto do seu passado, é fácil adivinhar como ele não caminharia depressa ao desenlace: por mais absurda e impossível que a razão lhe apresentasse semelhante aliança, o coração a desejava, e ela se fez.

Uma noite resolveu conhecer quem era o seu desconhecido. Recostou-se por dentro da vidraça, na penumbra da janela. O aposento não tinha luz; era impossível vê-la de fora.

Esperou muito tempo.

Às duas horas sentiu ranger a chave na fechadura do portão, que se abriu, dando passagem a um vulto. A treva era espessa. Carolina mal distinguia; mas pôde ver o vulto parar defronte de sua janela, ficar imóvel tempo esquecido, e por fim deixar a carta e sumir-se.

Durante mais de meia hora a respiração ardente daquele homem e o hálito suave daquela menina aqueceram uma e outra face do vidro frágil que os separava.

Carolina, que defendera por mais de quatro anos a memória de seu marido, que resistira a todas as seduções do mundo, sucumbiu à força poderosa desse amor puro e desinteressado.

Carolina amou.

Amava uma sombra morta; começou a amar uma sombra viva.

16

O coração de Carolina sucumbira, mas não a sua vontade.

Amava e combatia esse amor, que julgava perfídia. Uma esposa virtuosa, presa de alguma paixão adúltera, não sustenta uma luta mais heróica do que a dessa menina contra o impulso ardente do seu coração.

Esgotou todos os recursos.[1] Às vezes procurava convencer-se da extravagância dessa afeição. Dizia a si mesma que ela não conhecia daquele homem senão o vulto. Sabia ao menos se era digno dos sentimentos que inspirava?

Essa desconfiança a alimentava quinze dias, um mês; depois dissipava-se como por encanto para voltar de novo.

Assim passou mais um ano. Carolina tinha gasto e consumido toda a sua força de resolução: combatia ainda, mas já não esperava, nem desejava vencer.

Nessas disposições, uma noite se recostara à penumbra da janela, para esperar, como de costume, a sombra que vinha depor a muda homenagem do seu amor. O ar estava abafado; ergueu a vidraça, contando fechá-la logo depois.

Mas o seu espírito enleou-se em uma das cismas em que agora vivia de novo engolfada e nas quais muita vez por uma bizarria de sua imaginação o vulto desconhecido lhe aparecia com o rosto de Jorge.

Quando deu por fé, o vulto estava defronte dela, parado na sombra. Vendo-se, ambos fizeram o mesmo movimento para retirar-se e ambos ficaram imóveis, olhando-se nas trevas. Passado um longo instante, Carolina afastou-se lentamente da janela; o desconhecido deixou a flor e desapareceu.

Essas entrevistas mudas continuaram por muito tempo, até que em uma delas o vulto saiu de sua imóvel contemplação, chegou-se por baixo da janela, tomou a mão da moça e beijou-a. Carolina estremeceu ao toque daquele beijo de fogo; quando passou-lhe a vertigem que a tomara de súbito, nada mais viu.

Decorreram muitas noites sem que o desconhecido aparecesse.

Foi então que Carolina reconheceu a força desse amor misterioso. Recostada à janela, ansiosa, esperava pela hora da entrevista, e muitas vezes a estrela d'alva, luzindo no horizonte, achou-a na mesma posição. O primeiro raio da manhã apagava-lhe o último raio de esperança.

Partilhada entre a ideia de que seu amante a houvesse esquecido, ou de que lhe tivesse sucedido alguma desgraça, sentia todas essas inquietações que requintam a força da paixão.

Enfim o vulto apareceu de novo. Foi na véspera.

Carolina não pôde reprimir um grito do coração; mas o desconhecido, insensível à sua demonstração, contemplou-a por muito tempo; e beijando-lhe a mão como na primeira vez, deixou-lhe a flor envolta na carta.

Sentiu ele ou não a doce pressão da mão da moça? O que sei é que voltou sem proferir uma palavra.

---

1 Repare na intensidade amorosa e na incapacidade de fugir ao amor. Esse tipo de sentimento é predominante como tema romântico.

Abrindo a carta, Carolina viu pela primeira vez algumas frases escritas, que seus olhos devoraram com avidez.

Dizia:

Amanhã à meia-noite no jardim. É a primeira ou a última prece de um imenso amor.

Mais nada; nem data, nem assinatura.

O que pensou Carolina durante as vinte e quatro horas que sucederam à leitura dessa carta, não o posso eu exprimir, minha prima; adivinhe. A luta renasceu no seu espírito entre o respeito profundo pela memória de seu marido e o amor que a dominava.

Essa luta violenta durava ainda no momento em que a encontramos; depois do combate renhido, o coração tinha transigido com a razão, o amor cedera ao dever. Carolina resolvera que a entrevista pedida seria a primeira, mas também a última. Quebraria o fio dourado dessa afeição, para não entrelaçá-lo à tela negra do seu passado.

Cumpriria o seu voto?...

Ela mesma não o sabia; tinha medo de que lhe faltassem as forças; e para ganhar coragem relia nesse momento a carta em que seu marido, na mesma noite do casamento, se despedira dela para sempre.

Não transcrevo aqui essa longa carta para não entristecê-la, D..., porque nunca li coisa que me cortasse tanto o coração. Jorge explicava à sua mulher a fatalidade que o obrigava, ele, votado à morte, a consumar esse casamento, que a devia fazer desgraçada, mas que ao menos a deixava pura e sem mácula.

Pela primeira vez, depois de cinco anos, Carolina trajava de branco; mas as fitas dos laços, as pulseiras, o colar, eram pretos ainda. Até no seu vestuário se revelava a luta que se passava em sua alma: o branco era a aspiração, o sonho do futuro; o preto era a saudade do passado.[1]

Quando acabou de ler aquela carta, que sempre lhe arrancava lágrimas, sentiu-se com forças de resistir aos impulsos do coração; sentiu-se quase santificada pela evocação daquele martírio; e, ainda inquieta, esperou.

Pouco depois a pêndula vibrou uma pancada.

Carolina assustou-se e levou os olhos ao mostrador. A agulha marcava onze horas e meia.

A moça fez um esforço, ergueu-se rapidamente, entrou na sala e desceu ao jardim, ligeira e sutil como uma sombra. A alguma distância havia um berço feito de cedros, onde a treva era mais densa. Aí sentou-se.

---

1 Carolina, ao escolher um vestido branco, mostra-se mais receptiva ao homem desconhecido. Observe como o vestuário adquire um caráter simbólico na obra de Alencar.

À meia-noite em ponto o vulto apareceu, e, guiado pelo vestido branco de Carolina, aproximou-se dela e sentou-se no mesmo banco de relva. Seguiu-se um longo momento de silêncio; o desconhecido não falava; o pudor emudecia a menina cândida e inocente.

Mas não era possível que esse silêncio e essa imobilidade continuassem; o desconhecido tomou as mãos de Carolina e apertou-as; as suas estavam tão frias que a moça sentiu gelar-se-lhe o sangue ao seu contato.

— A senhora me ama?...

A voz do moço pronunciando essas palavras se tornara tão surda que perdera o metal para tornar-se apenas um sopro.

A menina não respondeu.

— É o meu destino que eu lhe pergunto! — murmurou ele.

Carolina venceu a timidez.

— Não sabe a minha história? — disse ela.

— Sei.

— Então compreende que não posso, que não devo amar a ninguém mais neste mundo!

A moça sentiu que seu amante lhe cerrava as mãos com uma emoção extraordinária; teve pena dele, e conheceu que não teria forças para consumar o sacrifício.

— Não me pode... não me deve amar... E por que razão me deixou conhecer uma esperança vã?

— Por quê?... — balbuciou a menina.

— Sim, por quê?... Zombava de mim!

— Oh! Não! Não pensava no que fazia. Era mais forte do que a minha vontade!

— Mas então me ama?... É verdade?... — perguntou o desconhecido com ansiedade.

— Não sei.

— Para que negá-lo?

— Pois sim! É verdade! Mas é impossível!

— Não compreendo.

— Escute: não estranhe o que lhe vou dizer, não me crimine pelo passo que dei. Fiz mal em vir aqui, em esperá-lo; mas tenho eu culpa?... Faltou-me o ânimo de recusar-lhe o que me pedira... E vim somente para suplicar-lhe...

— Suplicar-me?... o quê?

— Que se esqueça de mim, que me abandone!...

— Importuno-a com a minha afeição?

— Não diga isso!

— Seja indiferente a ela.

— Se eu pudesse...

— Não pode?... Então dê-me a felicidade.

— Se estivesse em mim!... Porém já lhe confessei; é impossível.

— Por que motivo?

— Eu devo... eu sinto que amo a meu marido.

— Morto?...

— Sim.

Houve uma pausa.

— Parece-lhe ridículo esse sentimento; não é assim? Mas foi o primeiro, cuidei que seria o último. Deus não permitiu!... E por isso às vezes julgo que cometo um crime aceitando uma outra afeição... Devo ser fiel à sua memória!... Quem me diz que um remorso não envenenará a minha existência, que a imagem dele não virá constantemente colocar-se entre mim e aquele que amar-me ainda neste mundo?... ambos desgraçados![1]

Um beijo cortou a palavra nos lábios de Carolina.

Momentos depois duas sombras resvalaram por entre as moitas do jardim e perderam-se no interior da casa. Tudo entrou de novo no silêncio.

Na manhã seguinte às nove horas, D. Maria e o Sr. Almeida conversavam amigavelmente na sala de jantar, onde acabavam de servir o almoço…[2]

O velho negociante, depois da entrevista com o filho de seu amigo, não se cabia de contente, e viera preparar a mãe e a filha para mais tarde receberem a notícia inesperada, que era ainda um segredo só conhecido de duas pessoas.

O assunto era melindroso, e a sua habilidade comercial nada adiantava em negócios de coração; não sabia por onde começar.

Nisso, D. Maria chamou sua filha.

— Vem almoçar, Carolina.

— Já vou, mamãe, respondeu a menina do seu quarto; estou à espera de Jorge.

A pobre mãe julgou que sua filha tinha enlouquecido, e ergueu-se precipitadamente para correr a ela.

Mas a porta abriu-se e Carolina entrou pelo braço de seu marido.

1 Observe a intensidade dramática dessa fala. O caráter excepcional do amor único marca uma personagem idealizada, típica do Romantismo.

2 Alguns hábitos das pessoas da classe alta no Rio de Janeiro do século XIX: levantar-se em torno das nove horas; almoçar às dez horas, podendo haver um lanche às treze horas. O jantar ocorria entre quinze e dezesseis horas. Às vezes, tomava-se chá às vinte horas. Quando havia bailes ou festas, podia ocorrer a ceia mais tarde.

Desmaio, espanto, surpresa e alegria, passo por tudo isso, que a senhora imagina melhor do que eu posso descrever.[1]

Depois do almoço, Jorge e sua mulher, passeando no jardim, pararam junto ao lugar onde haviam estado na véspera.

— Aqui!... — disse a menina sorrindo entre o rubor.

— Foi o meu segundo berço! — replicou Jorge.

— Por que dizes berço?

— Porque nasci aqui para esta vida nova. Oh! tu não sabes!... Depois que reabilitei o nome de meu pai e o meu, ainda me faltava uma condição para voltar ao mundo.

— Qual era?

— A tua felicidade, o teu desejo. Se tivesses esquecido teu marido para amar-me sem remorso e sem escrúpulo, eu estava resolvido... a fugir-te para sempre!

— Mau!... se eu te deixasse de amar, não era para amar-te ainda?... Ah! Não terias ânimo de fugir-me.

— Também creio.

Jorge e sua mulher são hoje nossos vizinhos; têm uma fazenda perfeitamente montada. Para evitar a curiosidade importuna e indiscreta, haviam imediatamente abandonado a corte.

A boa D. Maria já está bastante velha. O Sr. Almeida partiu há seis meses para a Europa, tendo feito o seu testamento, em que instituiu herdeiros os filhos de Jorge.

Carlota[2] é amiga íntima de Carolina. Elas acham ambas um ponto de semelhança na sua vida: é a felicidade depois de cruéis e terríveis provanças. As nossas famílias se visitam com muita frequência; e posso dizer-lhe que somos uns para os outros a única sociedade.

Isso lhe explica, D..., como soube todos os incidentes desta história.

---

1 Repare no recurso econômico do autor, que deixa para o leitor a tarefa de imaginar a emoção, em vez de detalhá-la. A cena acaba ganhando intensidade, exatamente pela sua elipse.

2 Carlota é a esposa do narrador, e a história de amor deles está narrada no romance *Cinco minutos*, de 1856.